ज़िन्दगी...

एक सफ़र

Conceptualized by:

निखिल गौर

सन्मति पब्लिशर्स एण्ड डिस्ट्रीब्यूटर्स

ISBN: 978-93-88365-35-2

प्रकाशक

सन्मति पब्लिशर्स एण्ड डिस्ट्रीब्यूटर्स

बी–347, संजय विहार,

मेरठ रोड, हापुड़–245101 (उ0प्र0)

website : www.sanmatiindia.com

email: sanmati555@gmail.com

मो. 8439645104, 07302710291

प्रथम संस्करण : **जून** 2019

आभार

मैं इस काबिल नहीं था कि कुछ करता या लिखता, लेकिन हर किसी की सफलता का कोई ना कोई राज होता है। लोग कहते हैं कि कुछ पाने के लिए कुछ खोना पड़ता है।

मेरा मानना है कि कुछ पाने के लिए कुछ करना पड़ता है। इसलिए मैंने किया, यानी कि लिखा "ज़िंदगी एक सफर 2"। यह मेरा सपना था कि उन सभी लेखकों के सपने साकार करूँ जो प्रतिभाशाली होकर भी अपने लेखन की प्रतिभा को लोगों तक नहीं पहुँचा पा रहे है। मैं उन सभी लोगों को विशेष धन्यवाद देना चाहता हूँ, जिन्होंने इस सपने को सच में बदलने में भरपूर मदद की। मैं "ज़िंदगी एक सफ़र-2" के सभी सहलेखकों का तहे दिल से शुक्रिया अदा करना चाहता हूँ जिन्होंने अपनी भावनाओं और कला को इस किताब में दर्शाया।

यह किताब परिणाम है हमारे लेखकों के प्रयास और उनके हर पल साथ का, बिना इनके इस पुस्तक का सफल प्रकाशित होना लगभग असंभव था।

मैं शुक्रगुज़ार हूँ परमात्मा का जिनके सानिध्य में मैंने यह पुस्तक पूर्ण की और हर उस व्यक्ति का जो इस सफर में मेरे साथ रहा।

हमारी पूरी टीम प्रशंसा की पात्र है, मैं विशेष धन्यवाद देना चाहूँगा हमारी संपादिका शिवी मीणा और टीम समन्वयक नीरज अहिरवार का।

अंत की चार लाइन उन दो इंसानों के लिए जिनके बदौलत मैं यह कलम पकड़कर कुछ लिखना सीखा और आप तक कुछ पहुँचाने लायक बना,

"माँ आपने मुझे यह जन्म दिया
पापा आपने मुझे कुछ कर दिखाने का दम दिया
जन्मों-जन्म तक याद रखूँगा आपके इस एहसान को
मिटने नहीं दूँगा इस जग में आपके और मेरे नाम को"

-निखिल गौर

अनुक्रमिका

निखिल गौर

Founder & Manager

निखिल गौर अभी अपने लेखन के कार्य के साथ कम्प्यूटर साइंस से बी.टेक. कर रहे हैं। निखिल गौर ने अभी तक बहुत से लेखकों के साथ काम करके और अपने लेखन को पहली प्राथमिकता देकर वर्ष 2018 मे अपनी 2 किताबें "जिंदगी - एक सफर" और "बंद लिफाफें" प्रकाशित कर लगभग 50 लेखकों को अपनी किताब में प्रकाशित होने का मौका दे चुके हैं। और अब इस किताब में भी 22 लेखकों को मौका देकर "जिंदगी एक सफर भाग 2" मे संपादक की भूमिका अदा कर रहें हैं और इसी प्रकार से प्रतिभाशाली लेखकों को मौका देकर लोगों तक कुछ मनोरंजक कथावस्तु पहुँचाना चाहते हैं।

आप इनसे जुड़ सकते है-

Facebook - nikhil gour

Instagram - @nikhilgour152, @_zindagi_ek_safar__

Twitter - @nikhilgour8

Gmail - nikhilgour152@gmail.com

भुलाया न जाये

कभी प्यार कर के भुलाया न जाये।
कभी प्यार मे इतना सताया न जाये।

कितना बेकरार हूँ तेरे प्यार मे,
मुझे इस तरह से रुलाया न जाये।

बहुत मासूम दिल है बेदर्द है जमाना।
वफा की बात कह कर उसे बुलाया न जाये।

सदियों से दुश्मन है मौहब्बत का जमाना।
हीर राँझा के किस्सों को भुलाया न जाये।

प्रेम दीवानी मीरा को इस तरह इस जहाँ में।
गिरधर के प्रेम की बेल को सुखाया न जाए।

इस मौहब्बत के जहाँ मे तुका, सूर, नरसिं हुये,
राधा की वेदना को भुलाया न जाये।

जिसने गाया है उसी ने पाया है।
इस प्रेम की रवायत को सुलाया न जाये।

मुश्किलों का यार हूँ

मंज़िल मेरी आसमा, जमी से ना कोई बास्ता
थक गए है पैर मेरे, पर मिला ना कोई रास्ता
बहुत मीले हमसफर, पर मिला ना कोई खास सा
लगा के ये जान मेरी, मिल जाये कोई रास्ता
ये लक्ष्य मेरे साथ है, तो क्या खूब ये बात है
छू जायूँगा मैं आसमा, क्योंकि मेहनती शियार हूँ
आसानियां कहा मेरी, मैं तो मुश्किलों का यार हूँ

बहुत मिले लोग मुझे, मगर बात उनकी क्यों सुनू
बचपन से ये ज़िद मेरी, मैं सपने अपने खुद बूनू
लालटेन की लॉ थी, वो अब रात मे ही बुझ गयी
जिंदगी में अब मेरी, जीत की मशाल जल गई
छोड़ लोग जहान के, बस माँ बाप का मैं प्यार हूँ
और आसानियां कहा मेरी, मैं तो मुश्किलों का यार हूँ

लोग कहते डर गया मैं, हार से था मर गया मैं
कह दूँ उन लोग से, मैं सिर्फ हार का शिकारी हूँ
दर्द इस बात का, मैं सिर्फ जीत का भिखारी हूँ
वाबजूद इसके मैं, इस खेल के शेर पे सवार हूँ
क्योंकि आसानियां कहा मेरी, मैं तो मुश्किलों का यार हूँ

मुश्किलों से डर गया जो, जिंदगी से मर गया वो
खुशियाँ छोड़ हिस्से की, जख्मो से था भर गया वो
जिंदगी एक खेल है, इस खेल का खिलाड़ी मैं
रेस से बाहर होकर, रोक दूँ क्या गाड़ी मैं
मगर मंज़िल मेरी आसमा, जमी का ना इंतज़ार हूँ
क्योंकि आसानियां कहा मेरी, मैं तो मुश्किलों का यार हूँ
मैं तो मुश्किलों का यार हूँ।।

जो तुम मिले

ज़न्नतो का मुझे, रास्ता मिल गया
तुम मिले इस तरह, की खुदा मिल गया।

मैं चला हूँ अकेला, अभी तक यहाँ
तुम मिले तो मुझे कारवाँ मिल गया।

कोई गम ना रहा, सारे गम मिट गए
प्यार के शहर में, आसरा मिल गया।

मस्ज़िदो में भले, रोज जाते रहै
रास्ते में हमें, बादशाह मिल गया।

चाँद तारे बहुत, दूर थे हमनशी
आपके साथ ये, आसमाँ मिल गया।

बस बिना काम का, रह गया था शहर
अब मुझे एक जहाँ, काम का मिल गया।

अब नहीं चाहिए और कुछ भी "निक"
बस तुझे पा लिया, तो मकां मिल गया।

इश्क़, मैं और तुम

महक है जिन फूलों की
मैं उन फूलों का गुलशन हूँ
वो तितली हरियाले सावन की
मैं मस्त पवन का झोंका हूँ।

वो हसीन परी है जन्नत की
मैं शहज़ादा उस परी का हूँ
वो चमन में खिली कली-सी है
मैं मंडराता एक भंवरा हूँ।

वो अहसास है गुलाबी सर्दी का
मैं सर्द हवा का झोंका हूँ
वो कलकल करती नदी-सी है
मैं झर-झर बहता झरना हूँ।

वो सावन में नाचती मोरनी-सी
मैं नाचता मोर दीवाना हूँ
वो प्यार का बहता सागर है
मैं प्रेमी एक किनारा हूँ।

वो शीतल छाव है बरगद की
मैं थका "निक" आवारा हूँ
वो रानी किसी समंदर की
मैं प्यासा एक दीवाना हूँ।

वो तराशी हुई मूर्ति-सी है
मैं उसका प्रेम-पुजारी हूँ
वो रानी मेरे दिल की है
मैं राजा उसके दिल का हूँ।

वो ग़ज़ल है मेरी मुहब्बत की
मैं उसका प्रेमी शायर हूँ।

मुझे बस प्यार करना है

तेरी फ़ितरत में नफरत है, मुझे बस प्यार करना है
शहर ख्वाबों का बसाया जो, उसे गुलज़ार करना है।

मिलाया खाक में रिश्ते, जहन्नुम ज़िंदग़ी कर दी,
ले कर नाम मज़हब के, ये कैसी दिल्लगी कर दी
तेरी हैवानियत का मुझको गहरा जख्म भरना है
मुझे बस प्यार करना है, मुझे बस प्यार करना है।

संभल कर राह में चलना, कभी आता नहीं ज़िनको,
दिखाते आज वे नखरे, भरोसा खुद नहीं उनको
कोई डूबे न साहिल पर, मुझे उस पार करना है
मुझे बस प्यार करना है, मुझे बस प्यार करना है।

भुलाऊं किस तरह तुझको, समझ में कुछ नहीं आता,
सितम नजरों का तेरे था, भला कैसे मैं बच पाता
लब-ओ-रुख़सार का तेरे, मुझे श्रृंगार करना है
मुझे बस प्यार करना है, मुझे बस प्यार करना है।

Quote

हर असफ़ल इंसान के पास कोई न कोई बहाना है
हर सफल इंसान,बस मेहनत करने का दीवाना है
और फर्क भी दोनों में ज्यादा नहीं
बस इतना सा है ..
की बहाने वाज़ का आज कोई नहीं,
और मेहनत के दीवाने का पूरा जमाना है।

***

दिल से दिल की लगी को बताऊँ कैसे
प्यार तो एक अहसास है समझाऊँ कैसे,
अपने दिल को जलाकर प्यार की मशाल बनाई मैंने,
मगर जमानें की नज़रो से इसकी रोशनी को छुपाऊँ कैसे।

***

खुश रहो जितना है, उतना बहुत है तुम्हारे पास
कोई कमी नहीं है
नहीं तो देख लो आसमान को, उसके पास तो खुद की जमीं नहीं है।

ये जो हमनें ज़िंदगी के सुख-दुख
को आधा-आधा किया है
इसका राज़ सिर्फ इतना है
कि इश्क़ सब करते हैं,
हमनें थोड़ा ज्यादा-ज्यादा किया है।

***

फेंक देते हो तुम मेरे खतों को बिना पढ़े ही रद्दी में
और फिर कहते हो
"शायर होना बड़ी बात नहीं,
हमारे यहाँ के रद्दी वाले भी शायर है।"

शिवी मीणा

Editor

शिवी मीणा मध्य प्रदेश के खंडवा जिले में रहती है। वह बी.एससी. तृतीय वर्ष में अध्ययनरत है। पढ़ाई के साथ-साथ वह ट्रैवलिंग, फ़ोटोग्राफ़ी व संगीत सुनने की भी शौकीन हैं एवं अर्धशासकीय विभाग में कार्यरत है। कविताएं लिखने के लिए उन्हें उनके नानाजी ने प्रेरित किया व मार्गदर्शन दिया। जिंदगी के पहलुओं को कविता के माध्यम से बयान करती है। इनकी कविताओं में आप किरदारों को महसूस कर पाते है व जुड़ा पाते हैं। इससे पहले भी "जिंदगी -एक सफर" और "बंद लिफ़ाफ़े" पुस्तक में संपादिका व सहलेखक के रूप में कार्य किया व सफल प्रकाशन के बाद तीसरी पुस्तक "जिंदगी -एक सफर vol 2" मे भी यही संपादक व सह-लेखक भूमिका अदा कर रही हैं। शिवी मीणा का मानना है, की बंद लिफ़ाफ़े एक लेखक के लिए और उसकी कला का मंच है, जो प्रतिभाशाली लेखकों की सराहना करता है, व उन्हें भी मौका दिया।

आप इनसे जुड़ सकते है-

Instagram -@ s25_meena, @_zindagi_ek_safar__

थक कर

थक कर बैठ जाना चाहता हूँ
ऐ ज़िंदग़ी
बस ठहर जाना चाहता हूँ।

तेरी उलझनों में, सिमटकर,
तेरी गहराई में, डूब कर
साँसों के बोझ से
आज़ाद होना चाहता हूँ
थक-कर बस बैठ जाना चाहता हूँ।

साबित करने, की दौड़,
मैं यही मुकाम चाहता हूँ,
औरों की, परवाह के लिये बस
एक पल बनना चाहता हूँ
हार जीत, नफरत, मौहब्बत
इनसे अब विराम चाहता हूँ।

ज्यादा नहीं बस ठहर जाना चाहता हूँ।।
ऐ जिंदगी.....

हमसफर

शुरुआत करते हैं
मैं से, हम बनने की
हर वक़्त एक से रहने की
पीछे नहीं, पर, साथ चलने की,
लड़खड़ाते कदमों को संभालने की
चलो शुरुआत करते हैं

बिन कहे, कुछ समझने की
हर रिश्ता निभाने की
खुद से पहले तुम्हारा ख्याल रखने की
अजनबी, से हमराही बनने की
चलो शुरुआत करते हैं।

इल्जामों में ढाल बनने की,
गमों की कश्ती की, पतवार बनने की
चलो शुरुआत करते हैं।

बोझ न बने
ऐसा रिश्ता बनाने की
जिंदगी के सफर पर चलने की
चलो, शुरुआत करते हैं
हमसफर बनने की।

बातें

दिल से सोचा तो
हजारों हैं बातें

अच्छी है तो
कुछ बुरी है बातें

ख्यालों से बुनी है बातें,
कई राज बयां करती, है बातें

जो ना हो तुमसे बातें,
तो अधूरी सी है यादें

कुछ किस्से कहानियां
बस इतनी सी है बातें

ज्यादा नहीं बस
दिल का आईना है बातें

कुछ सच्ची थोड़ी झूठी
है मेरी बातें

खुशनसीब है हम क्योंकि
कुछ सुनना है बातें
कुछ सुनाना है बातें।

दुनिया

तेरी आँखों से दुनिया देखी
तेरे खाने का हिस्सा बना
गर्भ में तूने एक जहाँ दिया।

आँखें खुली तुझको ही पाया
नादान था, पर
सीने से लगकर सब कुछ समझ पाया
तेरी उंगली पकड़कर कदम लड़खड़ाये
ना दिखे जब तू तो दिल मचल जाये,
तुझ से शुरू, तुझ पर ही खत्म
इतनी सी बस दुनिया है मेरी।

सवाल

शांत सी रात है
हल्की सी बरसात है
खामोश सी हवा है
लहरों का, शोर है,
किनारों पर, खड़े हैं,
अँधेरे में ये जहाँ है
ख्यालों से, जूझते दिल में
हर बार एक सवाल है
जबाब के बदले
बस अंधकार है,
सोच में है, रोशनी
दिल में है, अंधकार,
इनके बीच फंस गये
मेरे ये सवाल
अनंत, अंधकार में गुम
कई जवाब है।

Quote

मेरी नींद है खास क्योंकि
उसमें है रंगीन ख्वाब
सुबह की किरणें पलक तक जाये
खींचकर असल दुनिया में लाये।

***

आईने से पूछा, हूँ कौन मैं ?
कहा,
अक्षरों का नाम हूँ मैं।

***

मेरी दुनिया की शुरुआत तुझसे है माँ
मेरी दुनिया का अंत भी, तुझ पर है माँ
न देखे जब तो दिल मचलता, है माँ
जब पास है तू, गम भी, खुशनुमा लगता, है माँ।

उम्मीदों के टूटने की आवाज नहीं होती
टुकड़ों को समेटने की, हिम्मत नहीं होती
क्योंकि चुभते हुए टुकड़ो का दर्द,
खंजर से ज्यादा होता है।
बस ये समझ लीजिए इसमें
किसी की मौत नहीं होती।

***

वक्त के आगे हारे।
हालात के जाल में फंसे
बिना गलती के कसूरवार
ख्यालों के हैं प्रहार
सोच के उलझे सवाल।

नीरज अहिरवार

Co-ordinator

नीरज अहिरवार महाराजा छत्रसाल की नगरी छतरपुर (म.प्र.) Mechanical Engg. करने के बाद एक लोकसेवक की सद्भावना रखते हुए, साहित्य में विशेष रुचि रखते है। बुद्ध को आदर्श और बाबा साहेब के विचारों से प्रेरित, तर्क को सामने रखकर लोगों के विचारों को उजागर कराना ही सही दिशा समझते है, इन्होंने लेखन के साथ खुद को sketching से जोड़ रखा है।

इनकी लेखन शैली में विशेषता प्रेम, वियोग, विचार एवं प्रेरणात्मक रचनाओं का समावेश होता है। इन्होंने सह लेखक के रूप में "Zindagi: एक सफ़र" और "बंद लिफ़ाफ़े" संकलन पुस्तक में भी बेहतरीन लेखन शैली को पेश किया है, साथ ही "Zindagi : एक सफ़र Vol 2" में लेखक के साथ टीम समन्वयक है।

आप इनकी रचनाओं में खुद को महसूस कर सकेंगे।

आप इनसे जुड़ सकते है -

Mob - 9584774601

Email/Fb - neeraj4601@gmail.com

Insta/yq - nj_neer

प्रेम

प्रेम एक क्षण मात्र है अगर इसे पा लो तो शुकुन बन जाता है वरना धुंआ,
इंसान का कर्तव्य है, इसे उसी की लय में जीना, निष्पक्ष, निश्वार्थ.. ।।

इसे किसी प्रोलोभन की आशा नहीं, यह स्वयं ही अनमोल है, अनंत है,
यह तो बंधा होता है मनुष्य की नियति से, प्रकृति के नियमों द्वारा.. ।।

प्रेम का कोई दायरा नहीं, ये तो इत्र समान है, जो स्वत: ही बह जाता हर ओर,
इसे महसूस कर पाना ही, मनुष्य के स्वभाव और कर्म को दर्शाता है.. ।।

इसे आपके सहारे की जरूरत नहीं, प्रेम तो स्वतंत्र है, सर्वत्र है,
आप इसे रास्ता नहीं दे सकते, परंतु प्रेम स्वयं आपको मंज़िल दे सकता है.. ।।

वो ख्वाब पूरे करते हैं

तुम्हारे मेरे इश्क़ से
सदियों को लम्हा करते है,
तुम बस साथ दो मेरा
वो ख्वाब पूरे करते है।।

ख्वाहिश नहीं खजाने की
चंद खुशियों से घर भरते है,
तुम बस हक़ बनो मेरा
वो अहसास पूरे करते है।।

सच मानो बस तुम तक
मेरे किस्से जाकर ठहरते है,
तुम हर जिक्र बनो मेरा
वो जज़्बात पूरे करते है।।

ख़ूबसूरत होगी दुनिया
हर रंगों से दोस्ती करते है,
तुम बस हाथ थामों मेरा
एक दूसरे को पूरा करते है।।

हर मुश्किलों से दूर होके
एक दूसरे में उलझते है,
तुम हर राज बनो मेरा
जाना,
वो इत्तेफाक़ पूरे करते है।।

जमाने से कोई उम्मीद नहीं
एक दूसरे की परवाह करते है,
तुम एक एक शब्द बनो मेरा
फिर सच में,
वो हमारे ख्वाब पूरे करते हैं।।

माँ

अनंत प्रेम की सीमा गर छूना चाहते हो,
तो माँ से प्रेम कीजीये,,
कभी मीठा, कभी कड़वा हो सकता है,
परंतु कभी झूठा नहीं.. ।।

एक यही मात्र रास्ता है,
निश्छल, निश्वार्थ, असीम प्रेम पाने का,,
माँ के द्वारा बनाये हुए,
ममता के, खुशियों के, सागर में डूब जाने का.. ।।

जो आपको सम्पूर्ण,
ज्ञान, स्नेह और सम्मान से परिपूर्ण कर देगा,,
जो आपके आने वाले,
हर दिनों को आपके अच्छे कर्मों से भर देगा.. ।।

बुझे चेहरे

उन जगमक दीपों की रोशनी में
कुछ बुझे चेहरों को हँसते देखा है,
इस शहर की भारी भीड़ में
उन नन्हों को अकेला देखा है।।

वो ढूँढते है कुछ खोई खुशियां
जिनके लिए रोज लड़ते रहते है,
कुछ चंद सिक्को की खातिर
कचरे के ढ़ेर में लिपटा देखा है।।

बदन पे कुछ फटे कपड़ो में
कपड़ो की दुकानों को निहारते है,
खाने में वही जूठा कुछ भी
भूख में लोगों के मुँह ताकते देखा है।।

बारिश की सुहानी बूंदों में भी
सड़क के कोने में सिमट जाते है,
रहने को यही रास्ते घर उनका
जिसमे हर किसी को घुसते देखा है।।

नींद एक डरावना सपना जैसे
जिनमे कई ख्वाब उनके जलते है,
माँ बाप, भाई बहन, घर बार
सभी, बस किस्सो में सुनते देखा है ।।

चाहता हूँ करना मदद उनकी
खुद को औकात के आईने में मापा है,
मैं भी उन्ही में से एक हूँ, साहब
मैंने खुद को भी रोज मरते देखा है ।।

साथ तुम्हारे होता हूँ

तुम जानती हो,
तुम्हारी मुस्कुराहटों को देख
फूलों में कलिया खिलने लगती है।

चेहरे पर बिखरी झुल्फों से
बारिश शबनमी लगने लगती है।

जब साथ तुम्हारे होता हूँ
हवाएं तुमसा महकने लगती है।

रुक जाती है घड़ी की सुइयां
दोपहर शाम में मिलने लगती है।

तुम्हारे दूर होने पर देखो
रोशनी भी अंधेरे से जलने लगती है।

तो फिर,
चलो एक काम करते है,
तुम सुबह की मेरी चाय बनो
मैं हर शाम तुम्हारी बनने लगता हूँ।

हर रोज अच्छी नींद खरीद कर
मैं सारे ख्वाब तुम्हारे बुनने लगता हूँ।।

प्यारे भतीजे

आपकी नन्ही सी उंगलियों के स्पर्श से
खिल उठा था हमारा छोटा सा जहाँ।

आपकी हर एक खिलखिलाती हँसी से
हमारी खुशियों का दायरा बढ़ता गया।

आपके कदमों की लड़खड़ाहट से
हम सबके ख्वाब सम्भलने लगे।

आपका यूँ तुतलाक़े सबको बुलाने से
हमारे हर जज़्बात आपसे जुड़ने लगे।

और देखो आज आप इतने बड़े हो गए,
कि हमारी उंगली को अपने हाथों में थाम कर चलना सिख गए।

और हम सीख गए
कुछ बड़प्पन अपने लिए
कुछ बचपन आपके लिए..।।
"प्यारे भतीजे"

शुभकामनाएं

ज़िंदगी के हर लम्हों में,
आपने कुछ यादगार से पल जीये होंगे,,

उन्ही पलों की कुछ तारीखों को आगे बढ़ाया जाए,
तो देखते है,
कुछ और हसीन पल आपका साथ देने के लिए,
बेताबी से इंतेज़ार में खड़े हुए है,,

जो आपके आने वाले हर लम्हो को और भी खुशनुमाँ बनाएंगे....

"तो स्वागत कीजिये उन आने वालें हर बेहतरीन पलों का,
जिनमे आपकी जिंदगी सर्दियों में भाती गर्म चाय जैसी होगी"

आपको आने वाले हर अच्छे दिनों की शुभकामनाएं ..

Quote

तुम कहते हो की मैं कुछ नहीं
पर अपनो के लिए कुछ तो हूँ
फिर सच मानो,
कहाँ वक़्त लगेगा मुझे
कुछ से बहुत कुछ होने में..

***

बारिश की गिरती बूंदों सी है जिंदगी
पल भर का सुकून खुद में समेटे हुए,

इसे स्पर्श करो तो ठंडा सा अहसास
भीगने से डरो तो सिर्फ गिरता पानी..

***

यूँ तो आपकी एक एक हसीं पर
हम हमेशा जान लुटाएंगे,,
पर कभी कभी यूँ रुला के,,
गले लगाने का मज़ा ही कुछ और है।

एक खूबसूरत सुबह, एक सुहानी शाम हो
दो चाय के कप और, बातें इश्क़ के नाम हो।

***

कुछ बीते वक़्त की खुशबू
कुछ आने वाले लम्हों की ताज़िगी को यूँ ही हमेशा महसूस करके
बस आगे बढ़ते जाना,,
वहाँ तक जहाँ तक सारी खुशियां अपनी मेहनत की ना लगने लगे..

***

जब ख्वाबों की रोशनी तेज हो
तब बल्ब के अंधेरे भी अच्छे लगते है..

***

सुनो
ये जो तुम्हारी खामोशियाँ है न
कुछ कहती है दरमियान हमारे

***

चलो तुमपे कई "ग़ज़ल" लिखेगें
तुम बस मेरा "नाम" लिख लेना।

मैं ठहरा नहीं हूँ...

आगे बढ़ने के लिए...

खुद का इंतज़ार कर रहा हूँ..

***

मौहब्बत को संभालना,, किसके बस में है

हमसे इसे जिया था, हर कतरे के हिसाब से

***

तुम बिलकुल

सुबह की किरणों सी,

ज़रा सा यादों का पर्दा हटाता हूँ,

मुझ पर बिखर जाती हो..

दीपक यादव

दिल्ली निवासी दीपक यादव एक लेखक और गीतकार है। इन्हें कविता और गीत लिखने का शौक है। यह शायरी एवं कोर्ट्स भी लिखते हैं। इनके कार्य में समाज और उसे जागरूक करने की अभिलाषा नजर आती है। इसके साथ-साथ यह भ्रमण का भी शौक रखते हैं। इन्हें गायकी का शौक है और साथ में यह रैपर भी है। इनका आर्टिस्टिक नेम JD है।

आप इनसे जुड़ सकते है -

Email- yadavdeep1311@gmail.com

Facebook - Deepak Yadav (JD)

Instagram - ____j_d (J.D)

Your Quotes - Deepak Yadav (JD)

बदलाव

उठाई है कलम आज फिर बयां करने अपने जज़्बात को...

भर गया था मन मेरा भी तभी लिखता हूँ अल्फाज को...

जमाने की साजिशों में...

आसमाँ की बंदिश नहीं होती...

कौन कहता है ये काली बदरी नहीं रोती...

जुबा से मत कर बयां...

अगर हालातों का मारा है तो...

एक कदम पीछे हटा दे...

एक दिन करेगा दीदार यह जमाना...

तू कौन है...

ये उस वक्त साबित करके बता देना...

वक्त बदलता है...

वक्त बदलेगा...

वक्त के साथ चल बस...

वक्त को जरा वक्त दे कर देखो...

फिर वक्त भी वक्त आने पर साबित कर देगा...

के वक्त क्या चीज है...

ज्ञानी समाज

समझाते हैं सब मुझे...
और देते हैं मुझे वो ज्ञान...
क्योंकि ज्ञानी है यह समाज...
ज्ञान बांटना है इनका काम...
सब बोलते हैं, टटोलते हैं...
मुझमें मेरी गलतियां...
गलती है मेरी, क्योंकि सबकी मर्जी के बिना मैं चल दिया...

देते हैं सब ज्ञान मुझे...
और सबसे अलग मुझे समझते हैं...
और हाँ मैं हूँ सबसे अलग...
इसलिए हर जगह मेरी आलोचना करते हैं...
समझाने वाले कह गए थे...
इस राह में है बरबादियां...
और बढ़ते कदम देख...
मेरी कामयाबी कि लेते हैं जिम्मेदारियां...

महफ़िल

जाम भरे हुए प्यालो में...चल रहे थे महफिल में...
शाम ही एक हसीन थी...और साकी भी आया था फुर्सत में...
शराब भी, शबाब भी, कबाब भी थे सब महफिल में...
सुकून भी, दर्द भी, चेहरे पर मुस्कान और दिल में उदासी भी...
थे सब जज्बात दफन मेरे जहन में...
फिर साकी ने किया इत्तला और बोला...
आंखें तेरी क्यों नम है...
उठा इस नाचीज को...
और पी जा एक सांस में...

मैं हूँ यार तेरा...बता मुझे क्या बात है...
नजरें झुकी मेरी और चेहरा ये खामोश था...
क्योंकी नजरों में तेरी तस्वीर...
और जुबां पर तेरा नाम था...

उस महफिल में लगाई थी रौनक...झूम रहे थे सभी नशे में..
मगर चढ़ी नहीं थी उस रात मुझे...क्योंकि मैं था सिर्फ तेरी तलाश मे...
जिस्म-जान एक है...कहने के सिर्फ बातें हैं...
एक रोशन सुबह, एक रात चाँदनी...
बाकी हर पल बस यादें है...

सिलसिला ये चाहत का...

शुरू दो दिलों से होता है...

मगर...

खत्म सिर्फ एक की तरफ से क्यों होता है...

मैं तेरी यादें के महफ़िल में...सब से कहता हूँ कि साकी...

तुझे आना होगा वापस...मेरी वफ़ा का हिसाब है अभी बाकी...

शाम

कल तुम्हारी ट्रेन है...शाम 6:55 की...
रोकना चाहता हूँ मैं समय...
ये जानते हुए कि वो मेरे बस में नहीं है...
वो जाने की खुशी में...रौनक है तुम्हारे चेहरे पर...
अपने ज़ज़्बात तुम्हें बता कर...
निराश नहीं करना चाहता हूँ मैं..
.
कैसे बीतेंगे ये 7 दिन खबर तो मुझे भी नहीं...
थोड़े दिन और रुक जाओ ना...अभी मन को हुआ सबर नहीं...
एक अलग सी खासियत...एक अलग सा एहसास है तुम्हारे होने का...
जानता हूँ मैं के तू भी मुझसे अलग नहीं रह सकता...
मगर फिर भी एक डर लगता है मन में...तुम्हें खोने का...

एक हफ्ते की ही है ये छुट्टियां तुम्हारी...ये जानता हूँ मैं...
बस सात दिन की ही तो बात है...ये मानता हूँ मैं...
ये एक हफ्ते की छुट्टी आप अच्छे से मनाओगे...ये वादा करो...
चेहरे पर एक बड़ी वाली स्माइल लेकर जाओगे...और नैना अश्क ना हो...
तुम दुनिया के किसी भी कोने में रहो...
मेरा साथ हमेशा तुम्हारे साथ है...
और बेफिक्र होकर जाना...एक हफ्ते की ही तो बात है...

मुमकिन नहीं

मुमकिन नहीं कि एहसास अपने शब्दों में कैद कर सकूँ...

हर बार कोशिश करता हूँ शायद अब की बार नाकाम ना रहूँ...

मेरी ही मंज़िलें, मेरे ही रास्ते...

खुद तय किया मैंने ये सफर...

कोई क्या जाने कोरे कागज़ों में है कितने राज दफ़न...

करी तो बहुत थी कोशिश मैंने, उसको रोकने की...मगर रोक ना पाया...

कमी रह गई थी उसकी...जिसका नाम कसर है...

उसकी हर एक बात झूठी निकली...और दुआएँ भी बेअसर है...

गलत नहीं कहता मैं उसे...कसूर है मेरी किस्मत का...

तेरी यादें लिए भटकता रहा मैं मुसाफिर की तरह...

फिर हार कर एक दिन उठाई कलम...

कुछ लिख डाला...

तेरी चाह लिए बैठा रहा...

और ना जाने कितने कोरे कागज़ों को भर डाला...

वो सुकून तो शायद मेरी रूह को कभी ना मिले...

और ना ही कोई शिकायत है मुझे तुमसे...

ना ही कोई गिले...

जहाँ रहे तू हर पल बस खुश रहे...

हमारा है क्या..??

लिए खाली कलम तेरी यादों के सहारे...

कोरे कागज़ों पर है घिस रहे...

शुक्रगुजार

बेचैन था सदियों से मैं...
आज कहीं सबर मिला...
मैं शुक्रगुज़ार ख़ुदा का...
के तुझे पाने का सफर खत्म हुआ...

एक पल को तुझसे मिलने के बाद...
मैं इस दुनिया से बेखबर हुआ...
शुक्रगुज़ार हूँ मैं उस ख़ुदा का...
के तुझे पाने का सफर खत्म हुआ...

बहुत कुछ है मेरे मन में...
तुमसे कहना चाहता हूँ...
मगर ना जाने क्यों जुबां ने मौन साध लिया...
कभी ऐसी कोई दुआ ना रही मेरी...
जिस में मैंने तेरा नाम ना लिया...
चाह मिलने की मन में लिए बैठा था...
और जी भर के सबर का घूंट पिया...

शुक्रगुज़ार हूँ मैं उस ख़ुदा का...
के तुझे पाने का सफर खत्म हुआ...
खुद से था अनजान...
कभी इस जिंदगी से कुछ नहीं चाहा...
ख़ामियाँ हैं मुझ में बहुत सी मगर...
मैंने तुझसे कुछ भी नहीं छुपाया...
शुक्रगुज़ार तो मैं तेरा भी हूँ...
जो तूने मुझे, जैसा हूँ वैसा ही अपनाया...

वक़्त

वक़्त की नज़ाकत में इतना भी दम नहीं...
के मेरे इरादे बदल सके...
अगर इतना ही गुरुर है उसको अपने होने पर...
तो हौसले मेरे भी कमजोर नहीं...
घमंड है मुझे अपने हौसले पर...
और कह आया हूँ मैं ख़ुदा के दर पर...
के ये वक़्त आज मुझ पर है हावी तो...
इस वक़्त की बाजियाँ भी झेल लूँगा...
और एक दिन ये जब होगा मेरा तो...
मैं क्या हूँ ये वक़्त को रोक कर के दिखा दूँगा...
हालातों का घेरा हुआ हूँ मैं...
जो आज कुछ ना करने पर मजबूर हूँ..
मगर एक दिन यह वक़्त और हालात दोनों बदल कर रख दूँगा...
क्योंकि मैं बिल्कुल बेकसूर हूँ..
वक़्त सबका बदलता है, बदलेगा और इसे भी बदलना पड़ेगा...
जब तक मुझ में जान है तब तक इनसे मैं लड़ूंगा...

तस्वीर

क्या बात है तेरी तस्वीर में ऐसी...
के देखते ही खो जाता हूँ...
एक अजीब सा नशा है तेरी निगाहों में...
देखते-देखते ही सो जाता हूँ...
कुछ अजीब से हादसे होते हैं मेरे साथ...
कैसे कहूँ तुमसे...
रोज सोने के बाद और उठने से पहले मिल कर आता हूँ तुमसे...

कभी कभी तो सोचता हूँ...
के काश इस तस्वीर से बाहर निकाल पाता तुम्हें...
हर बात तुम्हारा हाथ पकड़कर काश बता पाता तुम्हें...
ये जो हँसी तुम्हारे चेहरे पर है ना...
मेरे जी को बहुत सुकून देती है वो...
मगर अफसोस इस बात का है कि...
मुझसे कभी कुछ कहती नहीं है वो...

खैर एक बात तो यह भी है...
कि इस तस्वीर में हमेशा तुम खुश नजर आते हो तुम...
हकीक़त का तो पता नहीं...
कम से कम तस्वीर में तो खुश नजर आते हो...
कभी होता हूँ बेचैन तो...
लगा लेता हूँ इस तस्वीर को सीने से मैं...
कभी मिलूंगा या नहीं पता नहीं मुझे...
मगर यूँ ही मुस्कुराते रहना आप तस्वीर में...

अरमानों को

अपने ही अरमानों को, अपने जहन में कैद करने चला था मैं...
उलझा था अपनी तकलीफों को लेकर, तेरे आने से सुलझा हूँ मैं...
इन मौसमो के बेवक्त बदलने से, मुरझा सा गया था मैं...
तेरी नजरों की किरण पड़ी तो, फिर से खिल उठा हूँ मैं...
खो चुका था खुद को तमाम लोगों की भीड़ में, खुद का पता खो चुका था मैं...
मगर जब मिला मैं तुझ से तो, पता चला कि इन सबसे अलग दिखता हूँ मैं...

लोग रंग बदल लेते हैं, मौसम अपना मिज़ाज बदल लेते हैं...
बहुत सी बातें थी मन में बताने के लिए, किसी अपने को ढूँढता था मैं...
ख़ुदा से करी थी फरियादे मैंने...

शायद मेरा पैगाम वहाँ देर से पहुँचा है...
मगर खुशी है मुझे इस बात की, कि उसने तुझे सौंप दिया है मुझे...
बेबसी की परत तो मुझ पर कोहरे की तरह जमी थी...
तेरे आने से ही, एक बार फिर खुद से मिलकर आया हूँ मैं...

भटक रहा था मैं

भटक रहा था मैं...हर मंज़िलें राहों में गुमशुदा थी...
मगर मेरी कलम मेरे हर अल्फाज पर फिदा थी...
मेरी हम-दर्द है मेरी कलम...
मेरी डायरी है मेरा सनम...

बिना रुके कलम को, पन्नों पर मैं घिसता रहा...
क्योंकि कोरे कागज़ों में कई राज दफन...
अपनों ने, गैरों ने, मौसम ने भी रुख बदला...
बादलों में भी बद्रिया छाई थी...
वो ख़ुदा मेरे खिलाफ था...जब मेरी बारी आई थी...

दस्तूर नहीं है ये, हकीक़त है जिंदगी की...
लकीरें मिट चुकी है किस्मत पर मेरी मंजिलों की...
पर फिर भी एक आस लिए चलता जा रहा हूँ...
नजरें जहाँ तक मेरी पहुँचे...खाली रास्ते पा रहा हूँ...
गुरूर है मुझे इस बात का...के हासिल कुछ किया नहीं मैंने...
तो कुछ गवाया भी नहीं...आज़मा रहा है ख़ुदा मुझे तो...
मैंने भी कदम पीछे हटाये नहीं...

लिखता रहा अल्फाज...
खुद किये कागज़ों में अपने जज़्बात...
जब खुलेगी कभी यह डायरी...
तभी खुलेंगे ये सारे राज़...

खामोशी

खामोशी ने मेरे मुँह पर चुप्पी साध रखी थी...
मगर मेरे दिल में शिकायतों का तूफ़ान था...
शायद तूने कभी जाना ही नहीं मुझे करीब से...
तभी उस दर्द से तू अनजान था...
बहुत सी बातें थी मेरे मन में...
जो अंदर ही अंदर मुझे खाई जा रही थी...
कहने की कोशिश और पूरी तैयारी से आया था मैं...
मगर ना जाने क्यों ज़ुबा मेरी चुप थी...
जब तू सामने खड़ी थी...
कितने भी सितम कर ले तू...
बहुत भर जाता हूँ अंदर से तो...
तो तुझ पर चिल्ला देता हूँ मैं...
मगर जब देखता हूँ एक झलक तुझे...
तो हर बार सब कुछ भूल कर तुझे गले से लगा लेता हूँ मैं...
तेरे चेहरे पर वो खुशी और तेरी ख्वाहिशों को देखते हुए...
ना जाने कितने जज्बात मन में दबा लेता हूँ मैं...
कभी यह सब सुनकर तेरी आँखें नम ना हो जाए...
ये सोचकर सब दिल में छुपा लेता हूँ मैं...

मेरी कलम कहती है

जिस्म के इन बाजारों में...
रूह की कोई औकात नहीं...
इंसान के भेष में ये हैवान है...
इनकी कोई जात नहीं...
ना ही किसी को इंसानियत से प्यार है, ना ही एतबार है...
यहाँ सब इनका इस्तेमाल मनोरंजन के लिए करने को तैयार है...
हजारों रोज आते हैं, जाते हैं...
और उन हजारों में से किसी एक के सीने में भी दिल नहीं है...
तभी तो खौफनाक भेड़ियों की तरह वह नोच नोच कर खाते हैं...

क्या सच में मर गई इंसानियत नाम की चीज यहाँ...
बचा समाज में कोई मर्द नहीं...
के समझ सके किसी की बहन बेटी का दर्द क्या...इतनी भी अक्ल नहीं...
क्यों लोग यह सब करने को उतारू है...क्या इनके जिस्म में जान नहीं...
सब कुछ तो दिखता और सुनता है इनको...
ये लोग इतने भी अनजान नहीं...
या फिर यह कह लो कि वह अपने नसीब की मारी है...
अच्छा जीवन जीने के लिए भिकारी है...
और अगर है ऐसा तो तुमने कौन सा अच्छा काम किया...
अपनी भूख मिटाने को किसी मासूम का इस्तेमाल किया...

तुझे पता है

क्या तुझे पता है...
कि तुझे सोचने के चक्कर में...
मैं अपने कितने काम कल पर छोड़ आता हूँ...
शायद तू ये जानता ही नहीं...कितना बेशुमार तुझे चाहता हूँ...
नहीं हो पाती बात आजकल...क्योंकि वक्त ने इस कदर मोड़ लिया...
कि हम दोनों बिछड़ गए...
रात हुई, सवेरा हुआ, अंधेरे की तरह हम दोनों ढल गए...
कोई बात नहीं, कोई बात नहीं...
वो रात फिर आएगी...
वो सारी बातें याद तुम्हें भी आएगी...
ये मैं तुमसे वादा करता हूँ...

क्या तुझे पता है, तुझे सोचने के चक्कर मे...
मैं अपने कितने काम कल पर छोड़ आता हूँ...

अब तो एहसास ही बाकी है...
जो कि हर रोज रूबरू होकर गुज़रती है...
तुम्हें क्या पता...
ये तन्हाई का तूफान कैसे तबाही करके गुजरता है...
अनोखे थे वो दिन जब तेरे सिवा कोई काम न था मेरा...
और बेइंतहा चाहता हूँ...

ये मुझ पर इल्जाम था तेरा...
पहचान लूँगा आज भी मैं हजारों की भीड़ में तुम्हें...
मगर सब में, मैं आज भी खुद को अकेला पाता हूँ...

क्या तुझे पता है, तुझे सोचने के चक्कर में...
मैं अपने कितने काम कल पर छोड़ आता हूँ...

रहने दो

जो ये बातें कुछ राज़ है...
इन्हें राज ही रहने दो...
मेरे एहसास तुम्हें लगते अल्फाज है...
तो इन्हें अल्फाज ही रहने दो...

जो तेरी निगाहों में है चमक, उसे जग रोशन करने की चाहत रखता हूँ मैं...
अगर ये ख्वाहिश तुम्हें ख्वाब लगती है तो ख्वाब ही रहने दो...
ये जो कुछ बाते राज़ है...
इन्हें राज़ ही रहने दो...

वो हर लम्हा, हर एक पल...तुमने भुला दिया...
अगर वो स्वभाव है तुम्हारा...
तो स्वभाव ही रहने दो...
मेरे एहसास तुम्हें लगते हैं अल्फाज...
तो अल्फाज ही रहने दो...

हो तू कभी खुद से रू-ब-रू...
तो मुझे भी बता देना...
अगर ढूँढने से भी ना मिलूं...
तो खुद से नज़रें मिला लेना...
और अगर कोई राब्ता ही ना रहा हमसे तो...
इन नज़रों में अब हमें ना रख रहने दो...

अगर मेरे एहसास तुम्हें लगते अल्फ़ाज़ है तो...
इन्हें अल्फाज ही रहने दो...

आज न जाने मैं क्यों...
अपने ही बनाये हुए रास्तों पर उलझा हुआ हूँ मैं...
समझ नहीं आता कि किस राह पर चल पड़ा हूँ मैं...
ये सारे रास्ते क्यों मुड़-मुड़ कर तेरी और आते है...
अगर तुम्हें ये लगता सब झूठ है...
तो इन्हें राहो में मुझे आवारा रहने दो...
मेरे एहसास तुम्हे लगते अल्फ़ाज़ है तो...
इन्हें अल्फाज है रहने दो...

कुछ तो कर गुज़र

कुछ तो कर गुज़र
भूल गया मैं खुद को...
ना रही किसी की फिकर...
बोलता हूँ दर्पण में खुद को...
ए मेरे रहनुमा कुछ कर गुजर...

जो देखते हैं मुझे यूँ शक की निगाहों से...
उन्हीं निगाहों का सितारा बनकर तू चमक...
ए मेरे रहनुमा कुछ कर गुजर...

वक्त और वक्त की नज़ाकत दोनों ही मेरे खिलाफ है...

और सूखी दिल की ज़मीन बंजर बनी...

भीगा मेरा आँसुओं से लिबाज है...

चलता सीधी राह पर तो...

कदम है मेरे चलते डगमग...

ए मेरे रहनुमा कुछ तो कर गुजर...

Quote

उसके दिए हुए हर एक इल्जाम को

अपने सिर मंदा रहा बनता रहा

वजह बेवजह उसकी हर एक साज़िश कान तरस गया

कुछ इस कदर उसे पाने को जैसे रेगिस्तान इंतजार करता है बारिश का

***

आज फिर एक बार खुद को शीशे में देखा...

समझ नहीं आया मैं टूट रहा था या वह शीशा

***

सफर किया था तो मैंने जब तो आसमाँ पर काले बादल छाए थे

जब मिली धूप की किरने तो पता चला कितनी दूर आ गए

***

आवारा मैं...

यह रास्ते बंजारे...

एक लहर सा हूँ मैं...

जो ढूंढें है किनारे...

***

वो कहते है क्या बात करेंगे...

कुछ है ही नहीं कहने को...

एक बार नज़रे मिला कर तो देख...

वक्त कम पढ़ जाएगा...

मर्ज भी कुछ ऐसा दिया उन्होंने...

जिसका इलाज भी सिर्फ उनके पास ही है...

***

मैं ना जानू..

कहा गया वो समा...

जिसको जिया था मैंने कभी...

शायद नज़रें मेरी कमजोर है...

वह दिखता ही नहीं...

***

भूल गया मैं वह सारी बातें जो एक तालीम की तरह मुझे रटाई थी

क्योंकि सब मेरे खिलाफ थे जब मेरी बारी आई थी

***

था वह हर वक्त सुलझा...

उलझा-उलझा सा लगता है...

जो पल अभी तक जीता आया था मैं...

ना जाने क्यों आज बदला बदला सा लगता है...

***

अल्फाजों की कमी नहीं

पर दर्द तो अब भी कैद है

ढूँढा बहुत शहर की गलियों में...

पर मिला नहीं इस दर्द का मुझ को वैद्य है...

लोग आकर मुझसे कह जाते हैं...

कि वो आवारा हो चुके...

मगर मैं कैसे यकीन कर लूँ...

दिल कहता है वह आज भी मुझ में कैद है...

शत्रुघन सोनी

साहित्य के प्रेमी, अध्यात्म और दर्शन में विशेष रूचि रखने वाले शत्रुघन सोनी पिछले कई सालों से लेखन कार्य कर रहे हैं। युवाओं से संवाद, कवि सम्मेलनों और सोशल मीडिया के माध्यम से लेखक समाज में अपने प्रेरणादायी विचारों द्वारा जन मानस का मनोरंजन और मार्गदर्शन करते रहते हैं। प्रकाशित कविताएं उनकी आने वाली किताब गीता दर्शन और मेरा पहला प्यार की झलक प्रस्तुत करती हैं। लेखक एक सफल किताब बंद लिफाफे में सह लेखक के रूप अपनी पहचान बना चुके हैं। वे मेकेनिकल इंजीयनरिंग में ग्रेजुएट होने के साथ साथ वर्तमान में राजस्व विभाग में कार्यरत हैं।

आप इनसे जुड़ सकते है:-

Gmail - soniji743@gmail.com

Instagram - @shatrughansoni

Facebook - shatrughan.soni.5

Twitter - @shatrughan-soni

Blog - shatrughansoni743

Fb page - shatrughan Soni

मेरा पहला प्यार

देखा था तुमको जब पहली नजर में
तब हम नऐ थे तुम्हारे शहर में।

हम निकले थे जब तुम्हारी गली से
कहा था हमनें तब फूलों की कली से।

तुमसे भी प्यारी यहाँ एक कली है
अपने शहर में ही उसकी गली है।

फूलों की कलियां शरमाई थी तब तो
दिखाया था तुमको जब हमनें उनको।

यूँ मुस्कारा के देखा था तुमने
आँखों से आँखें मिलाई थी हमनें।

दिल में हमारे समाई थी तुम
थोड़ा मुस्करा के शरमाई थी तुम।

आँखों ही आँखों में सब कह गऐ थे
सुध बुध सी खोकर हम रह गऐ थे।

तुमने न समझी थी हालत हमारी
नादान थी तुम एक राजकुमारी।

नजरें हमारी न हटती थी तुमसे
बंद न करना कहतीं थी दिल से।

दिल से हमारे तब आवाज आई
तुम्हारे लिए छोड़ देगें खुदाई।

यही है मौहब्बत यही इश्क है अब
यही जिन्दगानी यही अब मेरा रब।

इसे जिंदगी से दूर होने न दूँगा
अपनी मौहब्बत को खोने न दूँगा।

तुम तो खड़ी थी यूँ अंजान बनकर
हम लुट चुके थे अपना सब कुछ खोकर।

फिर फिर के तुमको हम देखते थे
अब कब मिलोगी ये हम सोचते थे।

उस दिन से रातों की नींदे उड़ी थी
तुम्हारी ही यादों से अब ये जुड़ी थी।

तुम्हारी गली सिर्फ लगती थी प्यारी
वहीं खो गई थी तब दुनिया हमारी।

दिन भर गुजरते थे तुम्हारी गली से
कि तुम निकल पड़ोगी शायद कहीं से।

जिस रोज हमको न दिखती थी तुम
उस रोज ज़िंदा न रहते थे हम।

न हँसना न रोना न खाना न पीना
तुम्हारी ही यादों में हमको था जीना।

दिन भर गुजर के जब आती थी रातें
रहती थी केवल तुम्हारी ही यादें।

आसमाँ के तारों में तब दिखती थी तुम
तब फिर सुकून से सोते थे हम।

किसी दिन अगर कोई तारा टूट जाता
तब दिल को मेरे सुकून आ जाता।

लगता जैसे कि तुम आ रही हो
हमारे लिए ज़िंदगी ला रही हो।

में बाहों को अपनी फिर खोल लेता
अपने ही दिल में ये बोल लेता।

मेरी ज़िंदगी मेरी जान आ गई है
ये है अब हमारी हमें भा गई है।

मैं याद करता लेकिन तुम न आती
मेरी आस फिर तब अधूरी रह जाती।

तब फिर रातों को न हम सो पाते
सुबह हो जाती थी ख़्वाब सजाते।

जान हमारी तब तुम बन चुकी थी
ज़िंदगी में हमारी तुम आखिरी खुशी थी।

तुम मिल न पाई तो हम क्या करेंगें
बिना हम तुम्हारे न जीयेगें मरेगें।

सुबह सिर्फ दिखता था तुम्हारा ही चेहरा
तुम्हारे गालों का रंग वो सुनहरा।

जिसे देखकर चाँद भी सर झुका ले
जो चलते हुए राही को झुका ले।

तुम्हारी आँखों में रहता था काजल
दुनिया वाले तब होते थे पागल।

लबों की मुस्कुराहट लगती थी ऐसी
फूलों की कलियां खिंलती हों जैसी।

बालों और गालों का रंग वो सुनहरा
चाँद सा हँसी लगता था चेहरा।

चेहरे पर तुम्हारे ही दिखता था सब कुछ
जिसे देखता था में गलियों में छुप-छुप।

जहाँ मैंने अपना था तुमको बनाया
जो चाहा था मैंने वो तुममें पाया।

दुनिया मेरी बस तुम्हारे लिए थी
पा जाते तुम्हें तो कोई न कमी थी।

सुबह सुबह जब तुम जाती थी पढने
दिल में हमारे फूल लगते थे झड़ने।

राहों में बैठकर तुम्हें ताक़तें थे
आ रही हो सजकर ये ख्वाब सजाते थे।

आँखों में तुम्हारा इंतजार रहता था
आ रही है सज-कर मेरा यार कहता था।

पागल हो जाता था तब में खुशी से
चेहरा खिल जाता था लबों की हँसी से।

जब ये आँखें तुम्हारा दीदार करतीं
दिल को हमारे ख़ुशियों से भरतीं।

निकलती थी तुम पलकों को झुका के
हम रह जाते थे साँसों को रूका के।

हमें देखकर जो कभी तुम मुस्कराती
पल भर में जीवन की खुशी दे जाती।

देखती जब तुम पलकें झुकाकर
हम शरमा जाते थोड़ा मुस्कराकर।

यही देखकर बस गुजरता था दिन
मगर मुश्किल होती थी रात तेरे बिन।

शाम को दिखती थी तुम्हारी ही गलियाँ
गलियों में रहती थी तुम्हारी सहेलियाँ।

आवाज से तुम्हारी हम जान जाते
करती थी बातें जब तुम मुस्कुरा के।

चुप-के से तब तुम हमें देख लेती
सखियां तुम्हारी तब तुम्हें छेड़ देतीं

उनके छेड़ने पर शर्माती थी तुम
राज क्या है इसका बताती थी तुम।

फिर तुम पलटने का इंतजार करती
हमारे लिए तुम दुनिया से न डरती।

सारे जहाँ को तब हम भूल जाते
तुम्हें देखते पीछे मुड़ मुस्कराके।

तुम खुश हो जाती हमें देखकर के
फिर मुस्कुरातीं यूँ ही सोच करके।

ये लड़का तो हम पर फिदा हो गया है
हमारे लिए सबसे जुदा हो गया है।

तुम्हारे भी दिल में जाग जाती थी चाहत
यही सोचकर हमको मिलती थी राहत।

नज़रों से हमारी जब तुम दूर होतीं
उम्मीदें हमारी तब ये ख़्वाब संजोती।

फिर कब मिलोगी मेरी जान जाना
तुम्हारे लिए अब ये दिल है दीवाना।

जानते नहीं थे हम ये क्या हो रहा है
सुख चैन मेरा अब कहाँ खो रहा है।

ज़िंदगी हमारी तेरे नाम थी तब
तू ही खुशी तू ही जान थी तब।

तेरे प्यार को एक मंज़िल बनाकर।
हम चल रहे थे खुद को रास्ता बनाकर।

मन रे खोजे क्यूँ आनंद

ये तो बहता अंदर तेरे बनकर गीत और छंद।

सुख स्वभाव है तेरा प्राणी क्यूँ जाता है भूल।
दुख तो तेरे मन मस्तक पर जमी हुई है धूल।

धन दौलत मत खोज जगत में हो जा खुशी अकारण।
यही सत्य है इस जीवन का कर ले इसको धारण।

अपना ले बस प्रेम जगत में छोड़ के सारे द्वंद्व।
मन रे खोजे क्यूँ आनंद।

इस पर उस पर क्या छोड़े तू बात है तेरे मन की।
तू राजी है फिर भी दुखी है यही व्यथा जीवन की।

सिद्धांतों की बात नहीं ये है अहं संघर्ष।
कोई यहाँ कैसे स्वीकारे किसी व्यक्ति का हर्ष।

निर्णय कर लो तुम अपना बस गाओ गीत गोविंद।
मन रे खोजे क्यूँ आनंद।

लोग यहाँ पर अपने दुख को रस ले लेकर गाए।
जिसका तुम नित गान करोगे उसको कौन मिटाए।

चलो बहाओ खुद में डूब-कर सुख और प्रेम की धारा।
यही सत्य है यही मोक्ष है यही एक है नारा।

चमके जीवन सबका जगत में बनकर सूरज चंद।
मन रे खोजे क्यूँ आनंद।

गीता दर्शन

है उठाता जब मनुज गांडीव निज कुरुक्षेत्र में।
है द्वंद्व उठता आत्मा में और उसके क्षेत्र में।

चहुँ ओर कौरव रूप में ही स्वजनों की मार है।
नहीं सारथी कोई कृष्ण सा अपने रथ पर सवार है।

डूबता है ह्रदय मनुज का तब निराशा सिंधु में।
होती आकांक्षा प्राण तज दें जा किसी बिंदु में।

कैसे स्वजन पर असि उठाकर धर्म का पालन करें।
या त्याग सब वैराग्य लेकर वन को फिर चालन करें।

होता बड़ा क्या राज्य है कुल की समस्त जान से।
या कि मेरा मोह है यह इसको मिटा लूँ ज्ञान से।

क्या शोक मृत्यु का किया जाना चाहिये संसार में।
धर्म के खातिर क्या महाभारत सही परिवार में।

यही द्वंद्व हलाहल मनुज फिर सारा जीवन पीता है।
ऐसे सत्य का वर्णन करती श्रीमदभगवत गीता है।

युद्ध स्थल में उपस्थित चहुँ ओर भारतवर्ष था।
मिटने चला कुरुक्षेत्र में कुरुवंश का उत्कर्ष था।

विफल हुई थी शांति वार्ता विफल हुए सारे प्रयास।
शांति न आकर बुझा सकी अपमानों की जलती आग।

जहाँ मोह न्याय पर हावी हो और अहंकार सम्मानित हो।
धर्म धरा पर जाये घसीटा सत्य जहाँ अपमानित हो।

जहाँ कुटिल कपटी और कायर छल बल करके राज करें।
जहाँ गुरु और वृद्ध बैठकर बर्बरता चुपचाप सहें।

जहाँ मनुज अधिकारों से वंचित हो जीवन त्रास सहे।
करुणा और दया जहाँ पर सामूहिक उपहास सहे।

जहाँ मनुज पौरुष गिरवी रख राज्य ऋणी हो।
अत्याचार अधर्म देखकर भी चुपचाप गुणी हो।

अहं जहाँ पर निर्णय करता नीति जहाँ दुत्कारी जाये।
कुल की मान प्रतिष्ठा जहाँ पर निर्वस्त्र उतारी जाये।

वहाँ मृत्यु काली बनकर के नर्तन करती है।
समरभूमि में महाविनाश का फिर सृजन करती है।

वहाँ सत्य फिर कृष्ण रूप में प्रगटित होता है।
कुरुक्षेत्र सा महासमर फिर वहाँ घटित होता है।

मन रे नियति का क्या दोष

खुद की किस्मत लिखे खुद ही पड़ा पड़ा बेहोश
सारे फैसले तेरे अपने तेरे ही सब कर्म
तूने ही इस जग में बनाए इंसानों के धर्म।

अब बतला तू कहाँ है ईश्वर कहाँ हैं तेरा भाग्य
किसे जगत में खोज रहा तू लिए हुए वैराग्य
सब है तेरा खुद का अपना बाकी सब निर्दोष
मन रे नियति का क्या दोष।

किससे माँगे कौन सी मुक्ति किससे माँगे मोक्ष
एक बस तू ही सत्य जगत में बाकी सब हैं परोक्ष।

नहीं जगत में कोई किसी का सुख दुख में सहयोगी
खुद ही पा लें खुद ही मिटा लें ऐसे हैं सब भोगी
खुद पे ही तू ज़िम्मा ले ले बन भी जा सरफरोश
मन रे नियति का क्या दोष।

बह चल तू भी मुक्त गगन में ह्रदयों के पट खोल
सब स्वीकार ले तू जीवन का नहीं किसी से डोल।

एक बस प्रेम ही सत्य यहाँपर गा तू प्रेम के गीत
नहीं पराया कोई है तेरा सब हैं तेरे मीत
पी ले बस तू प्रेम का प्याला हो जा फिर मदहोश।
मन रे नियति का क्या दोष।

योगेश अग्रहरि

उत्तर प्रदेश के सुल्तानपुर जिले के रहने वाले एक प्रतिभाशाली युवा लेखक हैं योगेश अग्रहरि इस पुस्तक के पूर्व 2 पुस्तकों "बंद लिफ़ाफे" एवं "शब्दांचल भाग-1" में सह-लेखक के रूप में इनकी रचनाएं प्रकाशित हो चुकी हैं और काफी पसंद की गई....इनकी रचनाओं में सरल व्यवहारिक उर्दू और हिंदी शब्दों का ही प्रयोग मिलता है जिससे आप आसानी से इनकी भावनाओं से जुड़ जाएंगे...

आप इनसे जुड़ सकते है-

Facebook - yogesh agrahari

Instagram - yogesh_writes

Yogesh agrahari

E-mail - yogi.yogeshdsp@gmail.com

Whatsapp - 9838931695

जिहाद

वो कहते हैं ख़ुदा की नेमतें बरसेगी, जन्नत मिलेगी ये "जिहाद" है,
गर "ये" जिहाद है जायज़, तो हर आतंकी क्यूँ बर्बाद है..??

क़िताब-ए-मज़हब खोल के, देख लो चाहे कोई भी
हर एक मे मज़हब का दर्जा, "इंसानियत" के बाद है...

ख़ून बेगुनाहों का सोचों, कैसे मंज़ूर करेगा मौला
हर शख़्स काबिज़ इस ज़मीं, पे उसकी ख़ातिर नायाब है..

राह-ए-जन्नत वो ढूँढते हैं, जन्नतों को तबाह कर
जाने कैसी ये ख़्वाहिशें इनकी, कैसी ये अज़ाब है...

उम्र जिनकी है खेलने की, वो खंज़रों को संभाल रहे
सोचो उस वालिद की हालत, घर जिसके आती लाश है..

एक मशवरा है मान लो, पहले सच को तुम पहचान लो
फिर वो करो जो दिल करे, और बुझा दो जो ये आग है..

मुख़्तसर ये बात है के, औरों की मुमकिन मदद करना
बंदगी क़ायम रख अपनी, करो वो जो सच मे "जिहाद" है..

आईना

आईना लिख रहा हूँ, असलियत देखना तुम भी
मैं मुझको को ढूंढ रहा इसमें, तुमको ढूँढना तुम भी
देखना हालात-ए-मुल्क, इंसानियत का मरना हर पल
कभी मंदसौर कभी कठुआ, तो कहीं एक निर्भया निर्बल
कभी देखना तुम कासगंज, कभी गोधरा के दंगे देखना
कभी बिकते अफसरों को तो, नेताओं को नंगे देखना
कभी जे एन यू के नारों को, कभी ए एम यू की नमाज देखना
कभी अफ़ज़ल के जनाज़े को या, अपने पत्थरबाज देखना
कहीं खुली सड़क पर अक्सर, इंसानियत को मरते देखना
जानवरों ख़ातिर बेहद प्यार, लाचारों पे हँसते देखना
कहीं जातियों में बाँटते पहले, फिर बाट के काटते देखना
कहीं आरक्षण की माँग में, बेगुनाहों को मारते देखना
कहीं क़त्ल बेटियां पेट मे ही, कहीं पे ना पालते देखना
कहीं ज़ुल्म बेइंतहा, या फिर दहेज़ आग में डालते देखना
कहीं देखना इश्क़ अजीब सा, होते तेज़ाब के हमले देखना
कहीं गोलियों से छलनी कर, सुलझाते मसले देखना
कहीं देखना कर्ज़ किसानों के, फिर फाँसी पे झूलते देखना
देखना सिर कटे जवानों को, फिर राजनीति में भूलते देखना
अगर हो सके तो तुमको तुम, इसका ही एक हिस्सा देखना
जो सच बर्दाश्त ना हो तो फिर, इसे महज़ एक किस्सा देखना...

कैसी मौहब्बत?

हाँ मानता हूँ तुम ठहरे आशिक़, और वो बेवफा कोई
मगर चेहरा जला देना उसका, कहाँ का इश्क़, कौन सा इश्क़..??

मौहब्बत ना हुई तुमसे, या थी कभी या जो भी हो
वो क़समें वादे सब उसके, थे झूठे ही या जो भी हो
हालातों का एहसासों का, बदलना भी तो मुमकिन है
या खुदगर्ज़ी में बेवज़ह ही, वो बदला हो या जो भी हो
ना रख बेशक़ वास्ता कोई,दिखा उसको तेरी ख़ुद्दारी
यूँ चेहरा जला देना उसका कहाँ का इश्क़, कौन सा इश्क़..??

ख़्वाबों का टूटना अक्सर, हमको तोड़ देता है
हम-सफ़र का छूटना सारी, ख़ुशियाँ मोड़ लेता है
वो हर एक यादें भूल पाना, नामुमकिन सा ही लगता है
वो उसके लौट आने की, हर ख़्वाहिश छोड़ देता है
तू रख यकीं तेरे इश्क़ पे, निभा खुद से भी कुछ यारी
यूँ चेहरा जला देना उसका कहाँ का इश्क़ कौन सा इश्क़..??

इश्क़ तो है इबादत सा, कुछ उम्मीदें कुछ कुर्बानी
कहीं रिश्ते ज़मीं के है, कहीं है ख़्वाहिश आसमानी
जो पल भर में बिन सोचे तुम, यूँ सब कुछ ख़त्म कर दोगे
ज़रा सोचो बाद उसके, कैसी होगी ज़िंदगानी
अफ़साना लिख कोई ऐसा, के मिसालें दे ये दुनिया सारी
यूँ चेहरा जला देना उसका, कहाँ का इश्क़ कौन सा इश्क़..??

दुआ

कि और हिम्मत ना रही बाक़ी, "या मौला" अब रहम कर तू
मुझे "वो" दिला या कर दे मिट्टी, बस इतना सा ही करम कर तू

ये सारी ख़ुशियाँ क्या करूँ, बिन उसके बे-वज़ह हैं सब
क्यों दूर मुझसे है वो इतना, है मुझमे हर जगह वो जब
क्यों उसके सारे ख़्वाब मेरे, ख़्वाबों से यूँ ज़ुदा हुए
क्यों दर्द इतने दे के भी, बस वो ही मेरा ख़ुदा है अब
मेरे ज़ख्म सारे भर दे अब, उसको मेरा मरहम कर तू
मुझे "वो" दिला या कर दे मिट्टी, बस इतना सा ही करम कर तू..

मेरी सारी ख़्वाहिशों को उसने, खुदगर्ज़ियों में तबाह किया
कुछ यूँ सितम रहा के मेरे, उजले दिन को सियाह किया
मेरी तड़प, मेरी कैफ़ियत, हर दर्द से वो बेख़बर है क्यों
क्यों मेरी सारी कोशिशों को, बिन सोचे उसने फ़ना किया
चल वश में तेरे नहीं है कुछ तो, इन यादों को ही दफ़न कर तू
मुझे "वो" दिला या कर दे मिट्टी, बस इतना सा ही करम कर तू..

है इल्तिज़ा मेरी तुझसे, मेरी ये दुआ बस कूबूल कर
मुझे कर अता वो एक शख्स, सारी रंजिशों को भूल कर
तेरी ने-मतों की, तेरी रहमतों की, बस ये ही इंतेहा होगी
फिर चाहे मेरी रूह को, ले जा इस ज़िस्म से छीन कर
मेरे इश्क़ पे मेरे मौला, ना इस क़दर सितम कर तू
मुझे "वो" दिला या कर दे मिट्टी, बस इतना सा ही करम कर तू..

कुछ बचपन ऐसे भी

उसके नाज़ुक कंधों पे, जिम्मेदारियां हँस रही थी
एक मासूम बचपन की, किलकारियां फँस रही थी..

हर एक के इशारे पे वो, बहुत जल्दी पहुँच जाता था
हाँ जी साहब क्या लाऊं, पूछ के मुस्कुराता था
सबका पेट भर रहा था, ख़ुद का भरने की ख़ातिर
भूखा इतना था कि अक्सर, डाँट भी खा जाता था
बेवज़ह तो नहीं उसे ये, दुश्वारियां जँच रही थी
एक मासूम बचपन की, किलकारियां फँस रही थी...

ख़्वाहिशों से ज़्यादा वो शायद, ज़रूरतों के क़रीब था
गलती इतनी सी थी बस के, जन्म से वो गरीब था
ख़्वाब देखने की आदत, उसकी आदतों में ना थी
या फिर शायद दुश्मन उसका, ख़ुद अपना ही नसीब था
उसके कदमों को बेबसी की, बेड़ियां कस रही थी
एक मासूम बचपन की, किलकारियां फँस रही थी..

याद आये फिर मुझे वो, वादे सारे चुनाव के
हो किसी भी दल के लेकिन, नेता एक भाव के
वो अफ़सर जो इनके हिस्से से, ख़ुद का घर हैं भर रहे
वाज़िब वज़ह तो ये ही हैं, उसके इस गहरे घाव के
हर शहर हर गांव तक ये, बीमारियाँ बस रही थी
एक मासूम बचपन की, किलकारियां फँस रही थी..

मेरी कहानी

कितने ख़्वाब छोड़े मैंने, कितने हूँ मैं खोया
जाने कितनी रातों में मैं, तन्हा ही हूँ रोया
लोग पूछते थे मुझसे, आखिर क्या हुआ बता
मैं ना बोलता था कुछ भी, कैसे बोलता भला
डरता था, ज़माने के सवालों से मैं डरता था
कोसता था खुद को अक्सर, खुद से ही मैं लड़ता था
हर समय एक आग मेरे दिल को थी ज़ला रही
ज़ला रही थी मुझको या फिर मुझको थी बना रही
सोचता क्या कर रहा, ऐसा तो नहीं हूँ मैं
वो गया तो क्या हुआ, ज़िंदा तो अभी हूँ मैं
मैं अभी मरा नहीं, खुद से मैं डरूँ ही क्यूँ
वो बेवफ़ा थी, उसकी ख़ातिर मैं मरूँ ही क्यूँ
ठीक ठीक ठीक है, अब जो भी है सब ठीक है
चाहिए ना मुझको गर जो, प्यार उसका भीख है
ढीठ है अब ज़ात मेरी, अब ना ये करेगा कुछ
आये जाए सौ दफ़ा वो, फ़र्क़ ना पड़ेगा कुछ
कुछ ना मुझको चाहिए, सर पे माँ का हाथ है
दुनिया जाए भाड़ में अब, दोस्त मेरे साथ हैं
साथ से फिर याद आया, साथ उसने छोड़ा है
अपनी मतलबों की ख़ातिर, नाता मुझसे तोड़ा है
आएगा वो लौट के, है मगर मुझे यकीं
गर जो ऐसा ना हुआ तो, इश्क़ है नहीं कहीं
जो कहीं मिला मुझे, तो उसको ये बताऊंगा

उसको उसकी ग़लतियों से, रूबरू कराऊंगा
फिर कहूँगा लौट जा, बात बस ये ख़ास है
ना बचे एहसास मुझमे, अब ना तेरी प्यास है
है नहीं बस गीत ये, जो गीत हूँ मैं गा रहा
है "मेरी कहानी" जो मैं, तुमको हूँ सुना रहा...

ग़ज़ल

मेरे काम ना आया, ख़ुदा क्या है..??
मैं नहीं जानता, दुआ क्या है..??

जो शख़्स है शामिल, मेरी हर ग़ज़ल में
तू उससे पूछ मेरी वफ़ा क्या है..??

बेहद क़रीब उसके, मैं रक़ीब देखता हूँ
मौहब्बत में इससे बढ़कर, सज़ा क्या है..??

एक दर्द के शहर में, मैं गुम सा गया हूँ
कौन जाने निकलने का, रास्ता क्या है..??

फ़क़्त हिज्र की हैं रातें, और दर्द की सुबह है
आशिकों की और ज़्यादा, दास्तां क्या है..??

अक्सर मैं मुझमे अपने, "मैं" को ढूँढता हूँ
मैं मुझमें ना रहा हूँ, सोचता क्या है..??

खुदगर्ज़ियों ने जिसकी, मुझको तबाह किया है
अक्सर वो पूछता है, माज़रा क्या है..??

विनीता अहिरवार

सागर की रहने वाली, विनीता अहिरवार रोहिताश एक गृहणी होने के साथ साथ शिक्षा और लेखन क्षेत्र में निरंतर गतिमान है, इन्हें लिखने का शौक अपने स्कूल समय से ही है।

इनकी लेखन शैली में मुख्यता: कविताएं शामिल है, जिनमे प्रकृति, समाज उत्थान, नारीशक्ति, विचार, प्रेरणात्मक विषयों की झलक देखने को मिलती है।

आप इनसे जुड़ सकते है -

fb - Vineeta ahirwar rohitash

घोंसला

ये घोंसला हमनें कितना अच्छा बनाया है
इसमें न दुखों की धूप, न गमों की छाया है,
ये घोंसला हमनें कितना अच्छा बनाया है,

जो तुम न होते तो तिनके कौन लाता,
जो हम न होते तो तिनके कौन सजाता,

तुम हो तो घोंसले में रौशनी है,
जो हम है तो घोंसले में हँसी खुशी है,

तुमने और हमनें मिलकर यह घोसला सजाया है
ये घोंसला हमनें कितना अच्छा सुंदर बनाया है।

साथ

तेरा मेरा साथ रहे, साथ ये दिन रात रहे
न दो चार दिन का न ये चार दिन का रहे

तेरा मेरा साथ मरते दम तक
और मेरी सारी उम्र तक रहे
तेरा मेरा साथ रहे, साथ ये दिन रात रहे।

भीगे

कहीं पहुँचने की होड़ में भीग गए हैं हम
इतना भीगे की खुद के आँसू भी पी गये है हम
क्या है इतनी जल्दी भागने, कि
क्या है इतनी जल्दी भागने की,
खुद से खुद की खबर लेना भूल गए है हम।

आईने

जब देखा आईने में अक्स अपना
तो सोचा ये वही है जिसे जानते हैं हम
या कोई और जिसे बस पहचानते, है हम।

क्या कर ले दोस्ती इससे या रहने दें अकेला
क्या कर ले दोस्ती इससे या रहने दें अकेला
ये है कौन मेरा
यह है कौन मेरा?

दुनिया

एक दिन बैठे मैंने सोचा
ये दुनिया चलती कैसे है,
कौन है इसका माँझी?
लहरे उठती कैसे हैं?
कौन चलाता है, इसकी नाव
ये लहरें थमती कैसे है?

सहमत

जो तुम सहमत हो मेरी बात से तो ये ही काफी है।
जो तुम मानते हो मेरी बात को तो ये ही काफी है।

जो तुम न जानते, न मानते मेरी बात
मेरे जज्बात तो बोलो, कहाँ जाते
हम आज भी है, साथ साथ तो ये साथ ही काफी है।

साथ

कभी खुशी कभी गम में, साथ दिया आपने
मेरे गमों को अपना बना लिया आपने
मेरे सरताज मेरे हम सफर, मेरे हमराज
मुझे अपने प्यार में बांध लिया, आपने।

वजह

खुश रहने की वजह मिली आज
गम को भुलाने की, वजह मिली आज
जो अब भी न मुस्कुराये
तो रंज होगा हमें
क्यों फुर्सत मिली आज?

खुश

कभी गर्दिशों में जाकर रोये बहुत हैं
आज खुश रहने का मौका मिला
आज खुश रहने का मौका मिला
तो क्या खुलके, खिलखिला के, हँसे नहीं।

फुर्सत

मुझे नहीं फुर्सत किसी से जलने की
मैं तो अपनी धुन में मशगूल हूँ
कोई पूछे कि, क्या काम है मेरा?
मैं कहूँ खिलता हुआ फूल हूँ
जो अपनी खुशबू से गुलदस्ता महकायेगा
जो अपनी रौशनी से नई पीढ़ी को, राह दिखायेगा।

अंधेरा

दिल में अंधेरा, आंगन में दीपक जलाते हैं,
ये वही लोग है जो देश में अंधेरा फैलाते हैं,
गृह लक्ष्मी को ठुकरा कर,
धनलक्ष्मी को गले लगाते हैं,
ये वही लोग है जो देश मे अंधेरा फैलाते हैं।

काजल अग्रवाल

काजल अग्रवाल बी.एससी.फाइनल ईयर की छात्रा हैं और ये सिविल सर्विस मैं अपना भविष्य बनाना चाहती हैं। अध्ययन के साथ-साथ ये लिखने का भी शौक़ रखतीं हैं। इसके साथ ही इन्हें Painting, Travelling करना भी बहुत पसंद है। ये हमेशा कुछ अलग और नया करने की कोशिश करती हैं। इनकी कविताओं में अपने आस-पास की असल जिंदगी से जुड़ी हुई कड़ियों का समावेश मिलता हैं।

आप इन से जुड़ सकते हैं-

Facebook - kajal Agrawal

Instagram - miss_kajal_agrawal

Gmail - agrwalkajal815@gmail.com

दोस्ती

ये दोस्ती भी एक अजीब सा रिश्ता है,
न चाहते हुए भी ये फरिश्ता है।
एक दोस्त ही होता है जो अगर खुद गिरा दे दोस्त को,
तो ठहाके मारकर हँसता है।
पर जो छू लिया किसी गैर ने उसको,
तो जाकर ठोक पीट कर लड़ता है।
एक अलग सी होती है दोस्तों की यारी,
इसलिए तो शायद जमाने से अलग होती है उनकी दुनियादारी।

कहते है परिवार से ज्यादा कोई नहीं होता प्यारा,
छोड़ जाते है सब नहीं आता काम मे कोई यारा।
ये दुनिया वालो हम भी कहते है विश्वास हमारा,
छोड़ जायेगा जमाना पर खड़ा रहेगा यारा हमारा।

देखी है दोस्ती और देखी दुनियादारी है,
वो gf_bf करने वालो की शायद दुनिया निराली है।
छोड़कर दुनियादारी गाते है एक गाना प्यारा,
Gf_ bf गये भाड़ मे हमको प्यारा दोस्त हमारा।

लड़ जाते है झगड़ जाते है हो जाते है गुस्सा थोड़ा,
मुँह फुलाये बैठे रहते जब याद आता तब मौमोस का वो ठेला।
ग़ायब हो गई सारा गुस्सा और सारी नाराज़गी,
क्योंकि अब है बारी आई, जेब खाली कराने यार की।
नहीं बयां कर सकती मैं, यार को अपने पन्नों में,
क्योंकि, न हफ्तों न सालों का, वो यार हमारा सातो जन्मों में।

कोई खता

कभी कभी लगता है जैसे,
खता मुझसे कोई हो गई।
ढूँढा उसे सुबह और अब,
देखो शाम हो गई।
अंजान नहीं है वो कोई,
ये मुझको भी तो पता है।
ये रिश्ता है सच्चे दिलों का,
और ये दिल भी तो खफा है।

अब तो ये शाम का सुहाना मौसम,
थोड़ा चुभने सा लगा है।
शायद बेबस ये भी है,
इसलिए तो लगता एक सजा है।
इस सुहाने मौसम में,
डूब जाने को मन मेरा करता है।
यहाँ पवन का आना जाना भी तो,
हमेशा लगा रहता है।
छोड़कर तुझको मुझमे भी,
एक कमी सी है रह गई।
कभी कभी लगता है जैसे,
खता मुझसे कोई हो गई।।

मेरी माँ

ममता के आँचल में अपने,
मुझको कोख में पाला।
सावधानी से हर राह मे चलना,
उसने मुझको सिखलाया है।
की है हर जरूरत पूरी,
और मुझको सम्मान दिलाया।
इसलिए तो उस खुदा ने भी,
माँ को सबसे अलग बनाया।
लोगों की उन बातों से,
वो थोड़ा बहक जाती है।
फिर मेरे भी समझाने से,
वो थोड़ा सा समझ जाती है।
फूलों सी वो नाज़ुक,
पंखुड़ियों की दीवानी है।
इस सतरंगी दुनिया से,
वो थोड़ी अंजानी है।
हुनर के उसको जो न पहचानूं,
ये मेरी नादानी है।
क्योंकि मेरी माँ की भी,
अपनी अलग निशानी है।।

लड़की थी वो कुछ अलग सी

लड़की थी वो कुछ अलग सी,
थोड़ी नरम थोड़ी कड़क सी।
औरो के लिए थी वो पिघल जाती,
आती जब खुद की बारी तो निगल जाती।
उम्र से थी छोटी पर बातों से वो बड़ी थी,
रो कर हंसना, हँस कर रोने की खूबी उसमें जड़ी थी।
जो ना समझे उसके लिए वो थी जलेबी पर,
जो जाए समझ उसके लिए उसकी कुछ बात ही अलग थी।
दिल उसका था थोड़ा सा कमजोर मगर,
लोगों को इसी बात का ही तो था जोश बहुत।
गुस्से से उसके नहीं था कुछ पार,
पर प्यार भी था उसमें अति अपार।
सूरत से नहीं थी वो बिलकुल प्यारी,
लेकिन सीरत की बात कहाँ लोगों को समझ आती।
छोटी छोटी चीजों मे उसकी अलग ही खुशी थी,
जिन्हे पाने के लिए वो जमाने के पीछे पड़ी थी।
करती नहीं थी वह ऐसे कार्य,
जिसमे किसी दूसरे का हो दुस्कार।
प्यार पाने की तलाश मे वो खड़ी थी,
शायद इसलिए ही वो गुस्से की छड़ी थी।
लड़की थी वो कुछ अलग सी,
थोड़ी नरम थोड़ी कड़क सी।।

चलते अकेले राह में

तोड के बंधन दुनिया के,
आज कुछ यूँ बात हो गई।
चलते अकेले राह में,
ना जाने उनसे कैसे मुलाकात हो गई।
न चले थे सोचकर हम कुछ,
न ठहराव का मन हमारा था।
पर जो मिला अकेले मोड़ पर,
वो भी तो सिर्फ़ हमारा था।
नज़रों से मिली नज़रों की,
कुछ यूँ शरारत हो गई।
दर्द से भरी उन आँखों में,
मैं फिर थी एक बार डूब गई।
बीते गुज़रे लम्हों की यूँ बौछार हो गई,
प्यारे लम्हों की अब कहाँनिया बन गई।
आँखों से बहते पानी की,
बिन कहें ही सारी बात हो गई।
चलते अकेले राह में,
न जाने कैसे उनसे मुलाकात हो गई।।

आनंद उषा बोरकर

आनंद उषा बोरकर का जन्म 19.9.1998 मे हुआ । वर्तमान मे यह यू.आई.टी. आर जी पी वी से इंजीनियरिंग कर रहे है। लेखक होने के साथ साथ यह सामाजिक कार्यकर्ता भी है जो कि एन.एस.बी.एन. दिशांजली संस्था के साथ सामाजिक कार्य करते है। इन्होंने अपने लेखन कि शुरुआत एक उपन्यास से कि थी जिसका नाम है 'बेवज़ह... एक कुर्बानी' जिसे 100 इंस्पायरिग ऑर्थर ऑफ इण्डिया सम्मान से नवाजा जा चुका है। इन्हें नज़्म और ग़ज़ल लिखने का भी शौक है जो की जिंदगी एक सफ़र, बन्द लिफ़ाफे और कवियों का मंथन किताब में संकलित है।

आप इनसे जुड़ सकते है -

FB. - Anand Usha Borkar

Insta. - Anandushaborkar

Gmail - abanandborkar.810@gmail.com

रोज ख़ुद को धोखा देते रहते हैं

अब हम रोज ख़ुद को धोखा देते रहते है साक़ी
तेरे वापस आने का इंतजार करते रहते हैं साक़ी।

कभी बारिशों की बूंदो में अश्क़ छुपाकर साक़ी
तो कभी जाम में मिलाकर पीते रहते है साक़ी।

कभी अपनों से तो कभी गैरों से झगड़ते है साक़ी
ये तेरे हिज्र में हम क्या-क्या करते रहते है साक़ी।

तुमसे उस दिन कुछ इस तरह बिछड़े है साक़ी
तबसे किसी से भी नहीं मिलते रहते है साक़ी।

अब किसी की जरुरत महसूस नहीं होती है साक़ी
रोज तन्हा तन्हाइयो के साथ मरते रहते है साक़ी।

मेरे ख्वाबों में तुम आती हो

आज भी मेरे ख्वाबों में तुम आती हो साक़ी
मेरे उजड़े कमरे को तुम महकाती हो साक़ी ।

अगर सच में भुल गयी हो तुम मुझको तो
मेरे खतों को क्यों नहीं जला देती हो साक़ी ।

मुझे अपना नहीं सकती हो जमाने के सामने
तो किसी और की क्यों नहीं हो जाती हो साक़ी ।

यदि कोई रिश्ता नहीं बचा अब हमारे बीच
तो मेरी ख़ैरियत गैरों से क्यो पूछती हो साक़ी ।

जब रूठकर भी तुम मुझसे नहीं रूठ सकती
तो फिर वापस क्यो नहीं तुम आती हो साक़ी ।

तुम्हारी ख़ुशियाँ

तुम्हारी ख़ुशियाँ मेरे लिए जरूरी है साक़ी
तुमसे दूर रहना मेरी एक मजबूरी है साक़ी।

सिर्फ़ तुम्हारी आँखों से दरिया नहीं बह रहा
मेरी आँखें भी अश्कों से भरी पड़ी है साक़ी।

तुम्हें लगता है तुमसे बिछड़ कर खुश हूँ मैं
ये ग़लत फ़हमी तुम्हारी बहुत अच्छी है साक़ी।

तुम्हीं कहती थी ना तुम्हारे बिना अधूरा हूँ मैं
फिर ये जिंदगी तुम्हारी बिना कैसे पूरी है साक़ी।

सारे गिले शिक़वे भूलकर आ जाओ साक़ी
अभी हमारी प्रेम कहानी अधूरी है साक़ी।

कौनसा रंग

ये कौन सा रंग तुमने दिखाया अपना साक़ी
एक पल में तोड़ दिया मेरा सपना साक़ी।

तो क्या सच में वो आख़िरी मुलाकात थी
या फिर कभी होगा हमारा मिलना साक़ी।

मैंने ये ज़िंदगी मयखानों के नाम कर दी है
तुम मेरी अब कोई कसम मत खाना साक़ी।

अब हम अजनबी बन गए है हमेशा के लिए
अजनबी बनने कि वज़ह मुझे बताना साक़ी।

तुझसे बिछड़ के इतना जाना मैंने साक़ी
खुद को खुद से ज़्यादा पहचाना साक़ी।

न तुम देखना

न तुम देखना न मैं देखूँगा कभी तुम्हारी सूरत साक़ी
पर याद रखना तुम्हें पाने की थी कभी हसरत साक़ी।

तुम्हारे जिस्म को तो कभी देखा ही नहीं मैंने साक़ी
इतनी नज़ाकत से भरी पड़ी थी तुम्हारी सीरत साक़ी।

कभी सोचा न था की विरह की घड़ी आएगी साक़ी
ये वक़्त ने हमारे साथ की है कैसी शरारत साक़ी।

कभी रोता हूँ तो कभी हँसता हूँ तन्हाइयो में साक़ी
कोई पागल कहता है तो अब नहीं होती हैरत साक़ी।

मैं लाज़मी हो गया हूँ तन्हाईयो के साथ रहने का साक़ी
दिल को महसूस नहीं होती अब किसी की जरूरत साक़ी।

अनुराग राज

अनुराग राज भोपाल के एक कॉलेज से बी. टेक की पढ़ाई कर रहे हैं और साथ ही साथ वो अपनी जुनून को भी जी रहे है जो कि कविता और शायरी लिखना हैं। उन्होंने अभी तक 230 से भी ज्यादा कविता, शायरी और कहानियां लिखीं है। क्लास 6th से ही उन्हें कविता लिखने का शौक था लेकिन कॉलेज में आते आते ये शौक जुनून में बदल गया। वो बोलने में कम और लिखने में ज्यादा यकीन रखते हैं और उनका मानना है कि अपनी भावना को व्यक्त करने के लिए हिंदी से बढ़िया कोई भाषा नहीं हैं। लिखने के साथ उन्हें घूमने और फ़ोटोग्राफ़ी का भी बहुत शौक है।

आप उनसे जुड़ सकते हैं:

Facebook - Anurag Raj

Instagram - @callme_anurag

Gmail - anuragrajrajpoot@gmail.com

Twitter - @ianuragraj

आज़ाद कर

हैं आग तू, राख कर,

बन बारूद, ख़ाक कर,

माँग मत, तू छीन ले,

वजूद अपना, तू उससे खींच ले,

कर फ़तह, मैंदान को,

तू जीत ले, अपने हार को

रुक नहीं, झुक नहीं,

पानी की तरह अब तू बहता चल बहता चल,

काट दे, उस सिर को तू, जो कतरे पर तेरे,

कर बुलंद अपने आवाज़ को, तोड़ दे सारे दीवार को,

हैं आग तू, राख कर,

बन बारूद, ख़ाक कर।।

कहानी

कहानी मेरी हैं,
मेरे हिसाब से चलने दो
गर किनारा नदी की हो तुम,
मुझे पतवार बनने दो,
कहानी मेरी हैं,
मेरे हिसाब से चलने दो।

टुकड़ा एक चाँद का,
दीये जैसे जलने दो,
हो झोंका अगर तुम हवा का,
मुझे सीने में खुद के भरने दो,
कहानी मेरी हैं,
मेरे हिसाब से चलने दो।

तू चल तो सही

तू चल तो सही
तेरे हर बंद रास्ते के लिए
एक नया मोड़ है
तेरे हर बाधाओं के लिए
एक तोड़ है
तू चल तो सही
यूँ बैठने से क्या होगा
बहाने मिलेंगे सिर्फ तुझे
तू उठ, खड़ा हो
तब तो रास्ते मिलेंगे तुझे
तू चल तो सही
जिसे तू ख़ुदा मानता है
उसका हाथ भी होगा
और वो तेरे साथ भी होगा
बस तू चल तो सही
गिरने से क्यूँ डरता है
डरना है तो बिना कुछ किये मरने से डर
तू पहुँचेगा वहाँ, चाहेगा जहाँ
मगर तू चल तो सही
माना अकेला है तू
माना अकेला है तू
मगर क्या कम है ये कि
तू है तेरे साथ में
भरोसा रख तू खुद पे
बस अब तू चल तो सही
अब तू रुकना नहीं
तू चल तो सही।

डायरी का आखरी पन्ना

डायरी का वो आख़री पन्ना,
जिसमें होती हैं लफ़्ज़ों की तमन्ना,
कहीं सी कम, अन-कहीं होती बातें सारी,
होती जिनमें सपनों से मुलाक़ातें
डायरी का वो आखरी पन्ना।

प्यार मौहब्बत की बातें होती,
दोस्ती की तकरारे होती
होते किस्से कहानियों की बातें,
सच्चा प्यार बस वो पन्ने ही जाने
डायरी का वो आखरी पन्ना।

ध्रुवी ......एक कहानी

वो भी 14 फरवरी की शाम थी, कॉलेज से आने के बाद मैं अपने कमरे में थी। मेरी निगाह बार-बार पास रखे फोन पर पड़ रही थी, जैसे कोई बड़ा जरूरी मैंसेज आने वाला हो।

मैं खिड़की के पास बैठ गई, लेकिन मेरे अंदर एक अजीब बैचैनी सी थी, जैसे मुझे किसी का इंतजार हो। शायद उस इंतज़ार का ही आलम ऐसा था कि मेरी नज़र बार-बार फोन पे जा रही थी।।

अचानक से कुछ महसूस हुआ....... ऐसा लगा कि मानो मेरे अंदर नई ज़िंदग़ी, नई ऊर्जा आ गयी हो। मैंने पलट कर देखा..... ओह ये मेरे फ़ोन की वाइब्रेशन थी, अरे, लेकिन ये क्या मेरे फ़ोन की स्क्रीन पे उसका एक मैंसेज दिखा। मैं मारे खुशी के उछल पड़ी, और शर्माते हुए फ़ोन उठाया। मैं ऐसे शर्मा रही थी जैसे कि वो मेरे सामने हो। मैंने मुस्कुराते हुए फोन उठाया.....अरे ये तो उसी का मैंसेज हैं, उसका नाम पढ़ के मैं खुशी से चिल्लाने लगी, खुद में ही खो गयी।

तभी बगल के कमरे से माँ की आवाज़ आयी: "ध्रुवी क्या हुआ तूम्हे, तुम ठीक तो हो ना"?? मैंने घबराते हुए जबाब दिया: "कु..कुछ.....कुछ नहीं माँ, वो बस ऐसे ही"। आखिर मैं चिल्लाऊं भी क्यों ना, बात थी ही इतनी ख़ुशी की। जिसे मैंने कॉलेज के पहले दिन से चाहा था, जिसके बारे मे मैं सुबह-शाम सोचती, जिसके पीछे पूरे कॉलेज की लड़कियाँ दीवानी थी, उसने मुझे जबाब दिया और मुझे अपना हम-सफ़र बनाया था।

14 फरवरी की वो शाम, मेरे अभी तक के जीवन की सबसे हसीन शाम थी, मैं तो जैसे इस दुनिया की रही ही नहीं। कानों में बॉलीवुड के वही रोमाँटिक गाने बजने लगे, जिन गानों पे आज भी सिनेमाघरों में,या शादियों में सबसे ज्यादा शोर होती थी।

वो एक शाम थी, और आज की शाम हैं.... दिन वही हैं, महीना भी नहीं बदला, कुछ बदला हैं तो वो हैं साल और वो। फ़ोन तो अभी भी वाइब्रेट करता हैं, लेकिन इसके वाइब्रेशन में अब वो वाली बात ना रही..... । मैं आज भी उसी खिड़की

के पास बैठी रहती हूँ, और ये सोचती हूँ कि एक ज़माने में कोई था जो मेरा अपना था, एक समय था जिस पे किसी के साथ मैंने भी औरों की तरह ही सपने बने थे..... लेकिन अब शायद वो सपना तो होगा लेकिन उसमें ध्रुवी की जगह कोई और होगी, वो कल मेरा था आज किसी और का हो गया।।

मैं आज भी वही हूँ, उसी खिड़की के पास......।

नेहा अहिरवार (Nini)

अपने व्यक्तित्व के स्वरूप एक सुलझी हुई लड़की, जो कंप्यूटर साइंस में diploma करने के बाद निरंतर शिक्षण के क्षेत्र मैं जुड़ी हुई हैं। लेखन के साथ साथ ये Dancing, modeling, cooking मैं भी रुचि रखतीं हैं। इन्हें लिखने का शौक़ स्कूल से ही रहा हैं।

इनकी लेखन शैली मैं नारी-शक्ति सामाजिक जीवन से अवगत विचारों का समावेश इनकी कविताओं कें रूप मैं झलकता हैं। इसके पहले 'बंद लिफ़ाफ़े' पुस्तक मैं अपनी लेखन शैली क़ा समावेश किया हैं।

आप इनसे जुड़ सकते हैं

fb iD - nehanini01@gmail.com

दुनिया की रीत

हँसो तो साथ हँसेगी दुनियाँ,
अकेले बैठकर रोना होगा
आहिस्ता आहिस्ता बहाकर आँसू,
अपने दुखों को धोना होगा।

बैरन रीत बड़ी दुनिया की,
आँख से ही सजाना होगा
पलकों से ही उठाना होगा,
पलकों से ही सजाना होगा।

जीवन खोने पाने का नाम रखा हैं,
हर कोई जाने उस का भेद।

ना देखा क्या पाना क्या होना होगा,
मन मैं उठती भंवरी सी लहरों कों
किनारों तक आना ही होगा।

बहते बहते काम ना आयें,
लाख भंवर तूफानी सागर
अब मंझधार मैं अपने हाथों,
जीवन नाव डुबो-ना होगा।

क्यों जीते जी हिम्मत हारे,
फरियादें क्यों ये पुकारें
होते होते हो ही जाएगा,
आखिर जो भी होना होगा।

क़िस्मत जो भी रंग दिखाए,
अपने मन आँचल मैं उसको संजोना होगा।

चाहत की वो बस्ती

चाहत की एक बस्ती थी,
जिसमें दुनिया सजती थी।

ख़ुशियों का जैसे मेला था,
ग़म का ना कोई झमेला था।

सब अपने अपने से लगते थे,
बैर किसी से ना बनते थें।

दुनिया ही वो निराली थी,
जैसे मीठी चाय की एक प्याली थी।

हमनें सपनों को सच होते देखा था,
हाँ हमनें अपनों को देखा था।

खुश होने का ना कोई बहाना था,
अंदर मन से ख़ुशियाँ आती थी,
फिर सबके संग मिल जाती थी।

ऐसी यें चाहत की बस्ती थी,
जिसमें बस प्यार था बस प्यार था।

चाहत की एक बस्ती थी,
जिसमें दुनिया सजती थी।

माँ

बिस्तर के सिरहाने आशीष हैं सुहाने
मुस्कानों भरे खज़ाने,

कुछ आशायें कुछ इच्छायें,
दराज़ के ऊपर पन्नों में गुम हैं,

फुरसत मिलें कभी जो खुद से तो,
उनको खोजना
ढूँढना माँ की ममता

बेशकीमती प्यार -दुलार
अंतस की दौलत हैं,
बचपन की अनगिनत यादें,
जीवन की ताकत हैं माँ

कुछ हौसले और दिला-से अलमारी मैं,
काजल के नीचे मिल जाएंगे

कालेज की डिग्री नहीं
पोथी नहीं पढ़ी उसने
वो तो माँ हैं,
बच्चों की आँखे पढ़ा करती हैं

गोले से छूट कर अक्सर
ऊन उलझ जाया करती हैं,
बच्चों का क्या
माँ तो सपने बोया करती हैं

चेहरे की झुर्रियां में अनुभवों की सिलवटें हैं
मुसीबतो में माँ
सही राह दिखाया करती है।

एक कहानी मेरी जुबानी

एक कहानी मेरी ज़ुबानी,
जो हैं सबको सुनानी
आज बरसों बाद कुछ याद आया हैं,
जैसे कोई भूला याद आया हो

ऐसा लगा जैसे कि मुझे आज,
सदियों से होश आया मुझे
वो रेत पे बने निशान
अब धुंधले हो गये हैं,
वो पैरो के निशान अब,
रेत के झरोखों में उड़ गये हैं

मानो ऐसा लगता था देखकर जो,
कभी हँसता खेलता दिलों का शहर था
अब वो वीरान सा हो गया था

दो मेजे थी टूटी हुई,
शायद कोई यहाँ शाम का
लुफ्त उठाने आया होगा
दो चाय के प्याले थें जिनमें,
अब दरारें आ चुकी थी
कुछ गुलाब के फूल थें सूखे हुऐ,
शायद किसी ने

अपने दिल का हाल बताया होगा
वो शाम का मौसम जो किसी के,
इंतजार में रुका हुआ सा था

कुछ मकान थें टूटे हुऐ से शायद कोई
अपना शहर छोड़कर दूसरे शहर को
अपना बनाने आया होगा
कुछ उड़ते हुऐ खत के पन्ने

मेरे चेहरे पर आ गिरे जैसे कोई
अपने गुज़रे वक्त की दास्तां सुनाने आया हों
वो समन्दर की उठती लहरें
जैसे किसी के, हँसने की आवाज़ सुना रहा हों
कुछ निशानियों छूटी हुई थी साहिल के किनारे,
कि गुजरने वाले राहगीरों को
फिर ये दास्तां पता लग जाऐं।

मौसम की साजिश

ये मौसम की साज़िश हैं, या शोलों की रवानी हैं
ये बारिश की तपिस हैं, या मौजों की रवानी हैं।

कहीं घने बादल बरसते हैं, कहीं पर दिल तरसते हैं
कहीं दिलों की दस्तक पे, जबानी रात भर सोती।

यहाँ बातों के बता-सौ से, शहर वीरान बस्ते हैं
झमेले जिंदगी के जब, तबेलौ से गुजरते हैं।

मौहब्बत की गलियों मैं, यें मंजर आम होता हैं
ख़ुदा से अब जिंदगी की, करनी हमको सिफारिश हैं।

टूटे महलों कें छत पर अब, दीवारें दर्प करती हैं
मौहब्बत मीठी सी लहर हैं, चारों तरफ़ बस, प्यार का किस्सा सुनाती हैं
यें मौसम की साज़िश हैं, या शोलों की रवानी हैं।

कृष्णपाल सिंह चौहान

कृष्णपाल सिंह चौहान अपने लेखन कार्य के साथ साथ इलेक्ट्रिकल से बी.टेक. कर रहे है। लिखना एक शौक था, पर अब इसकी आदत सी होने लगी है। और यह किताब "ज़िंदग़ी एक सफ़र "-vol 2 में सह लेखक के रूप में कार्य कर रहे हैं यह इनके लेखन कार्य के क्षेत्र में पहली उपलब्धि के समान है।

आप मुझसे जुड़ सकते है

Name : Krishnapal singh Chouhan

Facebook : krishnapal singh Chouhan

Instagram : its_krishna21_

Gmail : krishnapalkp05@gmail.com

Yourquote : krishnapal singh chouhan

Quote

सुना है तेरी,मासूमियत के तरफदार बहुत है,

मिलाना कभी हम से तेरे ज़ुल्म गिनाने है।

***

वास्ता तो नहीं,पर राब्ता आज भी है,

ये दिल ख़फ़ा तो है पर बेवफ़ा नहीं।

***

आसान तो नहीं है यूँ जिंदगी बिताना,

तुम साथ होते तो शायद आसान होता।

***

इन आँखों को भी चैन कहा आता है,

जब तक ये भरी महफ़िल में तुझे ढूँढ ना ले।

***

तुझे खो देने के डर से

तुझे पाने का ख़्वाब तक छोड़ दिया हमनें।

***

तेरी हर एक बात को सच माना हमनें,

और तूने अपना कहकर भी पराया माना हमें।

***

तेरे लगाए इल्ज़ाम कहने को तो अल्फ़ाज़ है,

पर मेरे सुलझे हुए व्यक्तित्व पर ये एक सवाल है।

***

तू यूँ नैन न लड़ा हम से,

इस खेल में हम पहले ही हार चुके है।

जब से दिल-ए-नादान को तेरी गुफ्तगू की आदत लगी है,

इसे अब और किसी की आवाज़ सुनाई नहीं देती।

***

शरारते तेरी नज़रे करती है,

और ये जालिम दुनिया इल्ज़ाम हम पे लगाती है।

***

ये सोच कर ही देख लेती एक बार

शायद हम भी प्यार करने लायक हो गये हो।

***

कुछ तो सीखा होता अपनी यादों से,

उन्हें तो आज भी हमारा साथ नहीं छोड़ा।

***

हे, मेरे दिल यदि आँसू नहीं होते,

तो तेरा बोझ और भारी हो जाता।

***

कितना अच्छा होता यदि

मौहब्बत में जुदाई न होती।

***

काश में भी तुझे भुला पाता,

जैसे तूने भुला दिया मुझे।

***

काश ऐसा दिन भी आये,

जिस दिन तेरी याद न आये।।

आसान तो नहीं था
तुम्हें फिर से मनाना
पर वादा था साथ निभाने का
तो मनाना पड़ा।

***

क़ातिल गुनाह तो उसने किया
जो जान -जान करता था,
और किसी बेगाने के लिये
हमारी जान ले गया।

***

हम उनसे बेइन्तहा मौहब्बत करते थे
पर न जाने उन्हें किस बात की नाराज़गी थी
हम मुस्कराने को कहते थे
और वो रो देते थे।

***

तुम्हारा सावला चेहरा
उस पर ये क़ातिल निगाहें
और ज़हरीली मुस्कान
सचमुच बहुत खूबसूरत हो तुम
काश इतनी खूबसूरती तुम्हारे दिल में भी होती।

***

इतना आसान नहीं होता इश्क़ निभाना
वादे तो उसने भी 7 जन्म साथ निभाने के किये थे,
जो आज नज़रे तक नहीं मिलाता।

मौहब्बत की राह ने कुछ इस कदर तोड़ा मुझे
आज तक नहीं समझ पाया हूँ,
मेरे प्यार में कमी थी की उसकी नियत में।

***

कुछ इस तरह गुमराह किया उसके इश्क़ ने
उसका हर झूठ सच,
और बेवफ़ाई, वफाई लगने लगी।

***

न कोई रिश्ता था, न कोई रिश्ता है
न जाने फिर ये दिल तुझे देखने के लिये
इतना क्यों तड़पता है।

***

माँ, वैसे तो बहुत कुछ लिखा है मैंने,
पर तेरा प्यार बयाँ करे ऐसे अल्फ़ाज़ नहीं मिल रहे।

***

पिता जी, किन शब्दों से आभार व्यक्त करें आपका
ऐसा मूल्य नहीं है जो उतार दे कर्ज आपका।

***

हर आदमी अपनी मंज़िल पर होता,
यदि मेहनत करना आसान होता।

***

अगर जूते बोल सकते तो वो बताते
जिस राह पर चलकर हमनें तुझे पाया है
उसमें कितने काँटे थे, मंज़िल।

ख्वाहिशों से ही बना रहा था में अपने भविष्य की मंज़िल,

मुझे कहा पता था ख्वाहिशों के बोझ तले ही ढह जायेगी मेरी मंज़िल।

***

ज़िंदग़ी की भाग-दौड़ में हम

आगे निकल गये और रिश्ते पीछे छूट गये।

***

प्यार एहसास है एक दूजे के संग होने का,

प्यार एहसास है दो दिल एक जान होने का,

प्यार एहसास है दो दिलों के हम-सफ़र होने का,

प्यार एहसास है ईश्वर में आस्था होने का।

***

अक्सर पहला प्यार जल्दी और बेवजह हो जाता है,

पर जैसा भी होता है पहला प्यार बेमिसाल होता है।

***

ये one side love भी बड़ा गजब होता है

न जुदा होने का डर,

न एक होने की उमीद,

बस जैसा होता है सच्चा होता है।

***

ये प्यार कुछ अजीब कर जाता है,

दिल तोड़ जाता है,

या दिल जोड़ जाता है।

वैसे प्यार चीज़ है बड़ी कमाल की,
पर इसे शौक मानने वालो की
बुरी नजर लग गयी है।

***

हम तो प्यार में जान देने की बात करते है,
और एक तुम हो ek Love Bite तक नहीं देते।

***

वैसे तो प्यार को बर्बादी कहते है,
पर यदि किसी फ़रिश्ते से सच्चा हो जाये तो
ये आबाद कर देता है।

***

कुछ कसूर तो इन उम्मीदों का भी है,
वरना एक बच्चे को किस बात का Depression।

***

बहुत मसरूफ़ हो शायद
तुम्हारा आशियाना चाँद पर होगा।

***

घर पूछता है
मुझसे किस बात की नाराज़गी है,
जो बिना बताये चले जाते हो।
घर पूछता है
मुझसे अच्छा कौन मिल गया,
जो महीनों वापस नहीं आते हो।

उदासी से पूछे तुझे हमारी
खुशी रास नहीं आती।

**

अब तो खुद से मुलाकात भी मुश्किल हो गई है
खुद से खुद का चेहरा जो छुपाने लगे है।

संस्कार गर्ग

संस्कार गर्ग अपने लेखन कार्य के साथ देवी अहिल्या विश्वविद्यालय से कानून की पढ़ाई कर रहे है। आपकी लेखनी सरल भाषा को दर्शाती है। आप अनेक ओपन माइक में सम्मिलित हो चुके है। अपनी लेखनी द्वारा आप कई ओपन माइक की शान रहे है। आपकी लेखनी अपने आप में प्यार, इश्क़ के अर्थ को बतलाती है। आपकी लेखनी संजीदा है। आप पहली बार किसी किताब के लिए सह-लेखक के रूप में प्रकाशित हो रहे है।

आप इनसे जुड़ सकते है :-

Facebook - Sanskar Garg

Instagram - _sanskarg_

Twitter - @gargsanskar8

Gmail - gargsanskar8@gmail.com

दोस्ती का नशा

मैं दीवाना नहीं,
मैं पागल नहीं,
एक रोज़ किया था दोस्ती का नशा,
मैं अब तक उससे उभरा नहीं।

कोई रंजिशे नहीं,
कोई शिकवे नहीं,
हो अगर दोस्ती साथ हरदम,
नफरतों की कोई बात नहीं।

कोई पेन फाइट नहीं,
कोई राजा मंत्री नहीं,
अब बहुत याद आते है वो पल,
जिनसे मुलाकात अब मुमकिन नहीं।

वो अब्दुल की सिवैया नहीं,
वो राम की पुड़िया नहीं,
जो खाते थे बीच लेक्चर में,
वो मीठे स्वाद अब नहीं।

टीचर के रोज़ नए नाम नहीं,
वो फ्री पीरियड की खुशी नहीं,
काश जा पाता मैं स्कूल वापस,
मगर वैसी बेफिक्री जिंदगी अब नहीं।

गुरु: मेरे सवालों का जवाब

मेरे हर सवाल का जवाब है वो,
मेरी डूबती नाव का किनारा है वो,
टुकड़ों को समेट कर जोड़ गया वो,
जो कुछ नहीं आता था, वो भी सीखा गया वो

तूफ़ान से मुझे अकेले लड़ने भेज देता वो,
लेकिन पीछे खड़े होकर बतलाता भी वो,
गलती करने पर मारता भी वो,
लेकिन प्यार भी कम ना करता वो

हर गलती से कुछ सिखाया मुझको,
हर तकलीफ़ में हाथ थामे जो,
कहता था हर किसी से अच्छा सीखो,
जो भी मिले तुमको

तो वो दोस्त भी कुछ सीखा गया,
जो खुद कहता था बाप हूँ तेरा,
जाने कौन किस रूप में मुझको सीखा जाता,
सबसे अच्छा सीखा, सबको अच्छा में सिखाता।

Quote

अभी तो शुरू करा है हमनें, अभी तो चिंगारी लगाई है,
जब गूंजेगी आवाज़ शिखर पर, तब क़यामत आई है

***

क्यों नहीं मिल पा रहा हूँ मैं तुमसे,
सुना है बहुत व्यस्त रहते हो,
खड़े हो जाओ आईने के सामने एक बार,
फिर पूछो और सुनाओ कैसे हो तुम?

***

माथे पर चाँद, जटा में गंगा,
हाथ में डमरू, गले में विष का प्याला,
अति सुन्दर श्रृंगार है जिसका
भोलेशंकर मेरा वो कैलाश वाला

***

इश्क़ मौहब्बत आशिक़ी दिल्लगी सब धुआँ है उड़ जाएगा
दोस्ती का हाथ थाम ले क़यामत तक जाएगा

***

मुस्कुराती जेबों में अक्सर गिले रुमाल मिलते है,
ग़म छुपाने के हुनर उनमें कमाल मिलते है।

***

मैंने कीचड़ में कमल खिलते देखा,
मैंने तुम को रोशनी ढकते देखा,
देखी मैंने गरीब माँ-बाप के आँखों की चमक
जब मैंने उनके बच्चों को स्कूल जाते देखा।

चले है परवाज़ को,
खुले आसमाँ परे,
चले है उस जहाँ को,
हर बंदिशों से परे।

***

होठों पर हँसी रखते है
जेबो में गिले रुमाल रखते है,
वो आशिक़ भी ग़जब है
जो जिंदा मौहब्बत का पैग़ाम रखते है।

***

अपनी मुस्कान उधार दोगे क्या
एक किताब मुकम्मल करनी है
छोड़ गए हो जो तो तुम,
वो कहानी पूरी करनी है।

***

आँखों का रंग बेमिसाल लगता है
कानों का झुमका कमाल लगता है
जब चलती है तो ठहर जाती है धड़कन मेरी
और सुनाऊं क्या क्या अच्छा लगता है?

***

बुझ गई शमा भले ही तेरे दीदार से पहले,
जब मुस्कुराया तू तो महफ़िल मुन्नवर कर गया...

***

आज फिर वो आवाज़ सुनी
लगा वो आएगा,
जब जागे तो ख़्वाब था
वहीं जो बहुत बार आया था।

जो कहते है हम इश्क़ नहीं करते,

उनसे पूछो क्या खुद से भी मौहब्बत नहीं करते।

***

मैंने मिट्टी भी जमा की

मैंने खिलौने भी ले कर देखे,

ज़िंदग़ी फिर कभी ना मुस्कुराई

मेरे बचपन की तरह।

***

उसका मिलना एक अजीब सा एहसास दे जाता है

शाम के इंतजार में, दिल को चैन कहाँ आता है।

राजा झा

राजा झा अपने लेखन जिन्होंने अपनी शैली का प्रारंभ उन्होंने बाल्य काल में आठवीं कक्षा से प्रारंभ किया किंतु वर्तमान में यह M.Sc PHYSICS कर रहे हैं इसके साथ-साथ कविता एवं शेर लेखन शैली में अपना कुशल क्षमता बिखेर रहे हैं। मानस पटल पर सफेद कुछ सुनहरे याद एवं शब्दों को समेट कर इन्होंने अपना पहला सफल कविता पाठ वर्ष 2015 में 2 अगस्त में सम्मानीय स्वर्गीय डॉ एपीजे अब्दुल कलाम साहब के निधन दिवस पर आयोजित शोकसभा में किया, जहाँ आर आर एस प्रमुख मोहन भागवत एवं प्रतिष्ठित वैज्ञानिकों के सामने शब्द श्रद्धांजलि प्रस्तुत कर चुके हैं उसके बाद इंटर यूनिवर्सिटी मैं भी भाग लिया।

इंदौर में आने के बाद 5 ओपन माइक प्रोग्राम दे चुके हैं प्रस्तुत पुस्तक में प्रकाशित ये इनकी पहली कविता है।

आप इनसे जुड़ सकते है-

Email id :- rj1577238@gmail.com

Insta id :- raja.r.j

Insta page :- end from a simple start

Facebook id :- raja11jha

मेरे खून से हिंदुस्तान लिख देना

कि यारों अगर मेरी मौत आम हो तो
मेरे कफन पर मेरा नाम लिख देना
अगर शहादत मिली तो
मेरे खून से उस पर हिंदुस्तान लिख देना
यारों अगर मेरी मौत आम हो तो
मेरे कफन पर बस मेरा नाम लिख देना

फक्र होगा अगर युद्ध में मैं गोली सीने पर खाऊँगा
मेरे पिता को भी गर्व होगा अगर मैं शहादत की मौत पाऊँगा
काश मेरे खून का एक कतरा भी इस देश की मिट्टी के काम आए
अगर मेरे शब्द इन दुश्मनों को ना मार पाए तो
तू युद्ध में शहादत मेरे नाम आए
यारों मैं भी चाहता हूँ
कि मेरी माँ की चिट्ठी में यह पैगाम आए
मैं 1 इंच पीछे ना हट हूँ
और मेरे कफन पर हिंदुस्तान का नाम आए

मेरी बहन की राखी में
मेरा नहीं मेरे देश की रक्षा का वरदान आए
यारो बस दुआ करो कि जब मौत मेरे सामने आए
तो मेरे चेहरे पर बस मुस्कान आए
और कफ़न पर हिंदुस्तान का का नाम आए।

कुछ लोग सरहद के उस पार भी, इस पार भी

कुछ लोग अच्छे रहते हैं इस बार भी उस पार भी
कुछ लोग अपनों के लिए रोते हैं इस बार भी उस पार भी

और सियासत चलती है जमीनों के टुकड़ों के लिए
पिसता है हर एक आम आदमी इस बार भी उस पार भी

कुछ लोग भूखे पेट ही सो जाते हैं
कुछ बच्चे पैदा होते ही मर जाते हैं
और फिर माई रोती है सरहद के उस पार भी उस पार भी

झगड़ने की बात पर तो सहमत कई लोग हैं यहाँ
पर कितने मासूम मरेंगे उस पार भी इस पार भी
कुछ लोग अच्छे रहते हैं इस बार भी उस पार भी।

ढलता सूरज लिखूँ या उगता चाँद लिखूँ

कि मैं ढलता सूरज लिखूँ या उगता चाँद लिखूँ,
किसी की टूट गई जो चूड़ियाँ या किसी के आने का इंतजार लिखूँ,
मैं क्या ढलता सूरज क्या बता चाँद लिखूँ।

कि महलों की बातें तो सब लिखते हैं,
मैं क्या गरीब का उपहास लिखूँ
मैं क्या ढलता सूरज क्या उगता चाँद हूँ।

कि मैं निराला नहीं मैं, दिनकर नहीं
किसी के लबों पर छलक जायूँ मैं कोई ऐसी मधुशाला नहीं,
जब अपने ही घर में आग लगी हो,
तुम्हें क्या पड़ोसी की बात लिखूँ,
मैं क्या ढलता सूरज क्या उगता चाँद लिखूँ।

कि महबूब के पेचोखम पर कई बात लिखी
अब ये लगता है की माँ के दर्द पर कुछ अल्फ़ाज़ लिखूँ
मैं क्या ढलता सूरज क्या उगता चाँद लिखूँ।

Quote

कि बदला कभी न शिकस्ते एलाने मेरी जिंदगी से
मैंने हर बार गिरने के बाद फिर से चलना सीख लिया।

***

जिंदगी में हादसे हुए बहुत कमबख्त हमें अदाकारी नहीं आती
पैजामा को रफूए पसंद है माफ करें हमको बेमानी नहीं आती।

***

अपने झूठे दर्द से हर वक्त प्यार पाता हूँ,
फिर अपने अंदर देखता हूँ और बहुत मुस्कुराता हूँ,
और सच है यहाँ सब कुछ बस पर फरेब मेरी मुस्कुराहट है
मैं उससे मिलता तो हूँ हर रोज, बस उसका हो नहीं पाता हूँ।

***

क्या है मेरा मेरे अंदर नहीं जानता मैं,
है सच ही तो झूठ क्या नहीं जानता मैं,
और सब का कुछ ना कुछ हिस्सा छुपा बैठा है,
मुझ में कहीं ना कहीं
बाकियों में मेरा हिस्सा कहाँ नहीं जानता मैं।

***

वह बचपन ही था जो अच्छा था
अब बड़े होकर मुझे सब एक समान लगता है
पहले खुद की कोई फिक्र नहीं थी तो अच्छा था
अब बड़े होकर मुझे डर बहुत लगता है।

जैस्मिन मेश्राम

जैस्मिन मेश्राम एक छात्रा एवं लेखिका है। वह गोंदिया, महाराष्ट्र से तालुकात रखती है। ये कविता, कोट्स और शायरियां लिखने का शौक रहती गई। साथ ही साथ अभिनय, संगीत और ट्रेवलिंग का भी शौक रखती है। इनकी कविताओ में जिंदगी के अनुभवों का आभास होता है। इनकी कुछ कविताये जीवन की घटनाओं पर आधारित होती है। इनकी कविताओं में सामाजिक समस्याओं एवं जागरूकता का मेल देखने को मिलता है। साथ ही ये रोमाँटिक कविताएं भी लिखती है। हाल में ये माखनलाल चतुर्वेदी राष्ट्रीय पत्रकारिता एवं संचार विश्वविद्यालय से जान-संचार की पढ़ाई कर रही है।

आप इनसे जुड़ सकते है -

E-mail - jasminemeshram5@gmail.com

Facebook - Jasmine Meshram

Instagram - @j__as__mine__, @afsaana._

Your Quote - afsaana

क्यों

जन्म लेते ही, बचपन से...
उसको सिखाया जाता है...
लड़की है तू संभल के चल
यह दिल और दिमाग में भरा जाता है...

बेटी होती घर की लक्ष्मी है...
फिर क्यों उनको दुतकारा जाता है...
क्यों आज भी नर-नारी में...
यह फर्क देखा जाता है...
गवाई थी जिसने जान अपनी...
वह भी झांसी की रानी थी...
गर याद ना हो तो याद दिला दूँ...
वो भी नर नहीं एक नारी थी...

बेटी बचाओ बेटी पढ़ाओ...
क्यों हर जगह पर यह प्रचार है...
क्यों हर दिन शोषण की ख़बरें दिखाता है यह समाचार है...
लाचार नहीं है वो...
ना ही किस्मत की मारी है...
बेटा-बेटी में नहीं फर्क कोई बस यह बात तुम्हें समझनी है...

वो लाल रंग का धब्बा

याद है मुझको वो सुबह...
हसीन थी हर दिन की तरह...
चिड़ियों की किलकारियां...
हवाओं की मनमनिया...
न जाने क्या कहना चाहती थी...?
उस रोज कुछ अजब हुआ...
पता नहीं चला क्या, कब, कहाँ, कैसे, हुआ...
मैं तो बस चली जा रही थी...
अपनी धुन में हर बार की तरह...
पर अगले ही पल कुछ ऐसा हुआ...
जिसकी ना तो उम्मीद थी ना थी कोई जानकारियाँ...
कोई पीछे से देख हंस रहा था मुझ पर...
मेरा ही मज़ाक बनाकर...
मुड़ कर देखा मैंने...
जानना चाहा ऐसी भी क्या बात है...
शरीर थका सा लग क्यों रहा है...
पलट कर खुद को देखा मैंने...
तो होश ही उड़ गए...
ना जाने मुझको क्या हुआ था...
वो सफेद फ्रॉक पर लाल रंग का धब्बा दिख रहा था...
मन बेचैन सा था, क्या करूँ, क्या नहीं...
कुछ समझ नहीं आ रहा था...
छुपते-छुपाते, नज़रे चुराते, जैसे-तैसे मैं घर को आई...

मुझे परेशान देखकर मेरी माँ मेरे पास में आई...
क्या मैं बताऊं, क्या नहीं...
कैसे बताओ, कुछ समझ ना पाई...
थोड़ी हिम्मत जैसे-तैसे जुटाई..
तो आँखों में जैसे बारिश हो आई...
माँ ने फिर मुझे संभाला...
मैं ज्यादा कुछ तो नहीं बोल पाई...
बच्ची ही तो थी मैं आखिर 12 साल की...
बालक बुद्धि को क्या समझता...
पर बड़े प्यार से माँ ने समझाई...
सिर पे हाथ रख बड़े प्यार से बोली...
"बेटा पीरियड्स (periods) है ये, घबराने की जरूरत नहीं..."

वादा

आज उसने मुझसे किया पहला वादा तोड़ दिया...
क्या माँगा था मैंने उससे...
कुछ भी तो नहीं...
बस एक छोटी सी बात ही तो थी...
कहा था...
कि मुझे तुम्हारी आदत पसंद नहीं...
तो तुमने कहा...
ठीक है आज से नहीं, अभी से सब बंद कर दिया...
फिर क्यों आज तुमने मुझसे किया वादा तोड़ दिया...

क्या माँगा था मैंने तुमसे...
कुछ भी तो नहीं...
तुम मेरे हो...
और तुम पर कोई उंगली भी उठा दे किसी बात पे...
ये मुझे गवारा नहीं...
"छोड़ दो ना यह सब, मुझे पसंद नहीं"
बस इसीलिए कह दिया...
फिर क्यों तुमने मुझसे किया वादा तोड़ दिया...

तुम्हारे दोस्त का जन्मदिन था...
जानती हूँ इस बात को...
माना उसने कहा होगा तुम्हें...
"यार एक बार भाई बस"...

तुमने वादा तोड़ा...
मुझे इस बात का इतना अफसोस नहीं...
पर तुमने मुझे पहले कहाँ क्यों नहीं...
समझती हूँ इस बात को...
ठीक है...
वादे किए हुए महीने हो गए...
और अब तक निभाया भी है...
एक बार मुझसे कह देते...
मना थोड़ी ना करती...
बुरा लगता है मुझे इस बात का...
कि मैं इतना भरोसा भी नहीं बना पाई...
कि तुम कुछ करने से पहले...
मुझे कहो भी नहीं...
कोई बात नहीं...
कर लिया करो...
पर बता तो दिया करो...
उम्मीद है...
अगली बार आप मुझे पहले बता दोगे...
आज वादा करो...
फिर कभी ये वादा नहीं तोड़ोगे...

अक्सर मैं खुद से बातें कर लेती हूँ

अक्सर मैं खुद से बातें कर लेती हूँ...
कुछ ना समझे, तो खुद को समझा लेती हूँ...
कोई सुन ना रहा हो मुझे, तो खुद से कह लेती हूँ...
कभी रोने का दिल करे, तो खुद को बाहों में ले लेती हूँ...
किसी रोज खिल के हँसने का मन करे, तो खुद में ही मुस्कुरा लेती हूँ...
हाँ, अक्सर में खुद से बातें कर लेती हूँ..

कुछ अधूरे से ख्वाब है मेरे
उन्हें पूरा करने के लिए खुद ही निकल लेती हूँ..
कुछ बातें हैं ऐसी जो चुभती है, उन्हें खुद में छुपा लेती हूँ...
कुछ काम है ऐसे, जो किसी को बिना बताए खुद ही कर लेती हूँ...
हाँ, अक्सर मैं खुद से बातें कर लेती हूँ...

आजकल लोग कुछ ज्यादा ही कहने लगे हैं,
पर अब खुद पर पूरा यकीन रख लेती हूँ...
अब औरों से ज्यादा खुद को जान लेती हूँ...
औरों को अब थोड़ा खुद से अलग कर लेती हूँ...
अब खुद को समझने से पहले, दूसरों को परख लेती हूँ...
अब किसी की जरूरत नहीं है मुझे...
वो क्या है ना,
अब मैं अक्सर खुद से बातें कर लेती हूँ...

कुछ सवाल अक्सर सवाल रह जाते हैं

कुछ सवाल अक्सर सवाल रह जाते हैं...
लबों को छूना चाहे तो हिचकिचा कर पीछे आ जाते हैं...
मन तो करता है कि मुड़ कर यह सवाल उनसे करें...
फिर अकेलाहट दिल में उभरती है...
तुम जानते थे मेरा सवाल क्या होगा फिर भी तुम चुप क्यों रह गए...

कुछ सवाल अक्सर सवाल रह जाते हैं...
अक्सर आती है अब अच्छी नींद पर...
मेरे ख़्वाब तो ख़्वाब ही रह जाते हैं...
कुछ सवाल अक्सर सवाल रह जाते हैं...

बचपन से पली बढ़ी मैं अपने माँ बाप के घर पर थी...
बड़े होते ही क्यों मेरे...
मुझे किसी और के हाथों सौंप जाते हैं...
हर तरफ ख़ुशियों की रौनक और सब कोई खुश नजर आते हैं...
मगर कुछ सवाल अक्सर सवाल ही रह जाते हैं...

उस घर के आंगन की वो मस्तिया...
माँ की प्यार वाली वह झप्पीया...
पापा का प्यार से सर पर से हाथ सहलाना...
और भाई का मज़ाक में मुझे छोड़ जाना...
ये सब तो बस एक याद बनकर रह जाते हैं...
कुछ सवाल अक्सर सवाल रह जाते हैं...

स्नेहल अवस्थी

स्नेहल अवस्थी 18 वर्षीय खजुराहो जिला छतरपूर के युवा लेखक है । बढती उम्र के साथ उन्हें लिखने का शौक चढता गया और अब वह अपने लेखन के कार्य के साथ साथ अपने शैक्षिणक जीवन मे कंप्यूटर साइंस से बी टेक कर रहे है इनकी लेखन पद्धति में कविताएं एंव विचार शामिल है जिनमे मुख्यत प्यार मौहब्बत आदि का समावेश होता है इनकी रचनाओं में आप खुद को कहीं न कहीं जोड़ पाएंगे ।

आप इनसे जुड़ सकते है

Instagram - @awasthiji67

Email - rajawasthi.ra67@gmail.com

इतना यकीन है

दुनिया की तरह, रस्मों की तरह
वादों की तरह, कसमों की तरह
मौसम की तरह तुम कहीं बदल तो ना जाओगे
खैर इतना यकीन है मुझे, भूलना चाहोगे फिर भी भुला नहीं पाओगे।

मौसम बदलते हैं, दुनिया बदलती है
हालात बदलते हैं, किस्मत बदलती है
हालात के साथ तुम कहीं बदल तो ना जाओगे
खेर इतना यकीन है मुझे, भूलना चाहोगे फिर भी भुला नहीं पाओगे।

दूर छितिज के आगे तुमने वादा किया है,
दिल के बदले में प्यार तुमको दिया है
मैं जब रूठूं तो क्या तुम मुझे मनाओगे,
क्योंकि मेरे दिल की धड़कन को तुम ही तो धड़काओगे।

हाँ वैसे मंज़िल भी तेरी थी, रास्ता भी तेरा था
एक मैं अकेला था, बाकी काफिला भी तेरा था
साथ साथ चलने की सोच भी तेरी थी,
फिर रास्ता बदलने का फैसला भी तेरा था।

क्योंकि नजरें बदलती हैं, सपने भी बदलते हैं
सेहरे बदलते हैं, खुश्बू भी बदलती है

लेकिन अब भी पल- पल मेरी साँसों को तुम ही महकाओगे
खेर इतना यकीन है मुझे, भूलना चाहोगे फिर भी भुला नहीं पाओगे।

मुझे तुमसे कोई शिकायत ही नहीं है,
शायद मेरी किस्मत में चाहत नहीं है।
क्योकि जब मैंने पूछा ख़ुदा से कि
क्यों लिखा मेरी किस्मत में ही इतना गम,
तो ख़ुदा भी मुकर के बोला कि ये मेरी लिखावट ही नहीं है।

हाँ धरती की कसम, अंबर की कसम
कसम है मुझे तेरे सर की।
चाहूँगा तुझे खुद से भी ज्यादा,
फिकर ना होगी मुझे आने वाले कल की
क्योंकि मेरी पहली तमन्ना आखरी प्यार हो तुम,
रूह में बस गए हो मेरे दिलदार हो तुम।

अब भी मेरी मंज़िल तेरी राहों में है,
मेरी जन्नत तेरी बाहों में है
हाँ राही बदलते हैं, रास्ते बदलते हैं
फिर भी दौड़-के आयूँगा मैं, जब भी तुम मुझे बुलाओगे
क्योंकि इतना यकीन है मुझे, भूलना चाहोगे फिर भी भुला नहीं पाओगे।

ये कुसूर है तेरी छोटी सोच का

बात करते हो स्कर्ट की,
तो जरा बता दो क्या कसूर था सलवार सूट का
वो मासूम सी बच्ची जिसको अभी ना कोई होश था
जिसने अभी दुनिया ना देखी,
उसको तुमने दुनिया से अलविदा कर दिए ।

तू दरिंदा है तू ये मामले,
ना ही इसमें उसका और उसके छोटे कपड़ों का कोई दोष था
ये कसूर है तो सिर्फ तेरा और तेरी छोटी सोच का।

Quote

उसके आँखों के काजल की भी कुछ गजब कहानी है।

यूँ तो सजता है आँखों में उसकी, लेकिन नींद मेरी उड़ा ले जानी है।।

***

आज उनके प्यार में कुछ कमी लगी मुझे

लगता है आज फिर किसी दिल ने,

टूटते हुए तारे से उन्हें अपना बनाने की ख़्वाहिश रख दी है।

***

सोचता हूँ क्या तकदीर पाई है,

उसकी इन बलखाती हुई रेशमी जुल्फों ने

जो बिना किसी ख़ौफ़ और मौका-ए- वक्त की परवाह किए बिना,

उसकी इन झील सी आँखों को छूकर गुज़र जाती है।

***

तेरे मेरे दरमियां फासलों की हदें पार होती जा रही हैं

मुझे नहीं लगता कि अब ये नज़दीकियां शांत बैठेंगी।

***

मैं उन यादों को याद करके अक्सर मुस्कुरा उठता हूँ

जब हम दोनों ही एक नाकाम सी कोशिश किया करते थे।

वो मेरे हिस्से की मौहब्बत को अपनी आँखों में छिपाने की कोशिश,

और मैं उसकी आँखों से आँखें मिलाने की कोशिश।

हर बार मुझे देख कर तेरा यूँ नज़रें झुकाना,
बेवजह अपनी जुल्फों को सैलाना
यह प्यारी सी मुस्कुराहट का तेरे चेहरे पर आना
यह महज कोई इत्तेफ़ाक़ है, या तुझे भी मुझसे प्यार है।

***

अगर मैं आसमाँ में सजा हुआ सितारा होता
जब जब तू देखती आसमाँ में मेरी तरफ
मैं टूट-कर आ गिरता इस ज़मीन पर हर दफा।

***

माना कि तुम्हें देने के लिए,
हीरे जवाहरात नहीं मिले विरासत में हमें
लेकिन तिनका तिनका संझोकर रख रहे थे
ये इश्क़ की दौलत, कहो तो तेरे नाम कर दूँ इसे।

***

फूंक फूंक कर कदम रखना ए मुशाफिर,
इस जिंदगी की राह में
ना जाने कब कौन तुझ पर वार कर जाए
क्योंकि धोखा भी तो वहीं से मिलता है,
जहाँ पर विश्वास बन जाए।

शौर्य निगम

शौर्य निगम, जो कि लेखक साहब के नाम से जाने जाते है । न केवल लेखक बल्कि वे अपने सामाजिक कार्यो के कारण भी लोगों के दिलों मे वास करते है। लेखक साहब अभी तीन किताबों मे प्रकाशित हो चुके है जिसमे "मेरी आरजू" जैसी प्रसिद्ध किताबें शामिल है । सोशल मीडिया पर ये लेखक "लेखक साहब" के नाम से मध्य प्रदेश के हजारो हजार लोगों के हद्धय मे अपनी कलम के साथ बैठ चुके है।

आप इनसे जुड़ सकते है-

Instagram - @lekhak_sahab

Email - shoryanigam04@gmail.com

दोस्तों की महफिल

कल रात दोस्तों की, महफिल जमी थी
कुछ पुराने यार पुरानी यादें लेकर घर आये थे
और कुछ तो अपने साथ दारु और सिगरेट के पैकेट भी लाये थे
वो दारू के ढक्कन के साथ ही हमारे बहुत सारे पुराने राज खुल गए,
और कुछ इस तरह हम दो सेकंड में, सारी आपसी रंजिश भूल गए
ऐसे तो हमनें पहले भी बहुत पार्टियां की थी साथ में
हाँ मगर इस बार कुछ अलग सी खुशी थी
हमारे अंदर एक दूसरे से मि लने की

सब पांच साल बाद एक साथ बैठे थे
वो सिगरेट के धुएं की तरह मानो पूरे कमरे में खुशियां फैल गयी हो
उस समय मैंने महसूस किया
कि ज्यादा कुछ बदला नहीं है इन पांच सालों में
हाँ मगर वो जो हम हमारे प्यार के किस्से सुनाया करते थे
बिना किसी झिझक, बातों बातों में रो लिया करते थे

और हाँ वो बालाजी वाले चिप्स का पैकेट
जो खुलते ही खत्म हो जाया करता था
उसको आज किसी ने हाथ ही नहीं लगाया
प्यार, मौहब्बत, की बातें छोड़ कर आज सब जीएसटी की बातें कर रहे थे
बीजेपी और कांग्रेस पर, वाद विवाद करते हुए
एक दूसरे से लड़ रहे थे
पर खुश था मैं ये सब देख कर भी
क्योंकि हमारी बातें बदली थी, हमारी दोस्ती नहीं।

मैंने कल लिखने में, कुछ बेईमानी की थी

मैंने कल लिखने में, कुछ बेईमानी की थी
तू जब मेरे पास सो रही थी तो तेरी जुल्फों से चुराकर,
एक बात मैंने अपनी किताब में लिख दी थी,
तुम किसी को लिपट कर सोयी थी
उस वक़्त जिससे मुझे सबसे ज्यादा जलन थी
वो एक तकिया था
जो मैंने तुम्हें, तुम्हारे बर्थडे पर दिया था

पता है तुम जब कुछ अच्छा सपना देख़ती हो तो मुस्कुरा देती हो
और जब डरती हो नींद में तो मेरा हाथ पकड़ लेती हो
मुझे प्यार है इन चीजों से
ये इतनी खूबसूरती से तुम्हारा सोते सोते है मुस्कुरा देना
जैसे किसी बच्चे का रोते रोते मुस्कुरा देना
ये धीरे धीरे तेरी बाहों में रात का ढल जाना
मेरा हाथ पकड़ते ही मेरी साँसों का तेजी से चल जाना

फिर यूँ हुआ कि मेरी आँखें तुझे निहारते हुए थक गयी
रात की तीन बजे थे शायद जब मेरी भी आँख लग गई
मुझे पहली बार कल अपने ही घर में घर मिला
जब तुम्हारे जाने के बाद, तुम्हारा वो क्लेचर मिला
कल रात हम दोनों में कुछ खोया था
मैंने अपना होश और तुमने अपना क्लेचर।

मौहब्बत

बैठी रही हो रात भर मेरे करीब

रात भर उसे कहानियां सुनाता रहा मैं

कभी उसके करीब आना कभी उसका हाथ पकड़ना

रात भर यूँ ही उसे सताता रहा मैं

एक रिश्ता जिसका कोई वजूद न था

उसे बड़े ही प्यार से निभाता रहा मैं

वो मेरी बातें करती रहती है

सबसे बिछड़ने के, बाद भी उसे याद आता रहा मैं

हुई मौहब्बत हर किसी से पर, सबको यूँ ही गँवाता रहा मैं

सफर

मैं सबके लिए बेवफा ही रहा
किसी से रिश्ता निभा नहीं पाया
खोया रहा अपनी ही कहानी में
कभी तेरी कहानी को समझ नहीं पाया
मुझे ख्वाब देखना पसंद है बहुत
मैं ट्रेन में सो रहा था जब तेरा शहर आया
किसी ने बोला था, कि तुम वहाँ मिलोगी मुझे
तुम वहाँ मिली नहीं, फिर भी थोड़ी देर उस जगह ठहर आया
और मेरी मंजिल अक्सर बदलती ही रही
किसी से भी मौहब्बत में निभा नहीं पाया

तुम्हारे खत

न जाने मुझे ये कैसा इश्क चढ़ा,
मैंने तुम्हारा दिया, वो खत पढ़ा
मैं चीजें याद रखने, में ज्यादा अच्छा नहीं हूँ
तुम्हें तो पता ही है, हाँ मगर धुंधला धुंधला याद है
मुझे ये खत, तुमने मुझे छोड़ने के ठीक 2 दिन पहले दिया था।

काफी खूबसूरती से तुमने उस खत में हमारे सच्चे इश्क की
अपनी झूठी आशिकी को दफनाया है
ना जाने, क्यों इतनी नफरत के बाद भी,
तुम्हारे उस झूठे खत को, मैंने अपनाया है।

मेरा बस चलता तो

मैंने तुम्हारे खत को कब का फाड़ दिया होता...

उस झूठी मौहब्बत के पीछे में कभी इतना न रोता...

मगर मैंने कभी किसी के इतने करीब होना नहीं समझा...

तुम्हें प्यार ही समझा है हमेशा कभी खिलौना नहीं समझा...

अब और नहीं पढ़ना खत, तुम्हारा ये आखिरी बार था

मुझे लगता है... तुमने कभी मौहब्बत की ही नहीं

हमारा एक तरफा प्यार था

तुम्हारे प्यार की तरह, तुम्हारे सारे खत झूठे ही रहेंगे

मैं कितना भी प्यार कर लूँ तुम से...

मेरे जज्बात तुमसे रूठे ही रहेंगे...

अब और नहीं होगा मुझसे, मैं तुम्हारे सारे खत फाड़ दूँगा।

फिर भी याद आई तुम्हारी तो इन्हें जमीन में गाड़ दूँगा।

हर्षल शर्मा

हर्षल शर्मा अपने लेखन कार्य के साथ कंप्यूटर साइंस बीटेक सेकंड ईयर के छात्र है। हर्षल लेखन एवं कवि सम्मेलनों में रुचि रखते हैं। अनेकों कवि सम्मेलनों में भाग लेना व देश तथा सेना शौर्य के बारे में लिखने में रुचि रखते हैं कथा प्रेम और वियोग रस में लिखना उनके लेखन के श्रेष्ठ अंग है। इन्होंने अपना लेखन की 2016 से शुरुआत की है तथा वीर रस के लिए अपनी रचनाओं को दृष्टि प्रदान की है। वह अपना लेखन कार्य 17 वर्ष की आयु से ही कर रहे हैं।

आप उनसे जुड़ सकते हैं-

Facebook - Harshal sharma

Instagrmam - jagir-e-shaan

Gmail -Harshal.sh1998@gmail.com

कोई गिला नहीं

तुझसे क्या तेरे उस यार से भी कोई गिला नहीं
शायद किस्मत में नहीं तू इसलिए तू मिला नहीं

पर यह दिल क्यों तेरी ख्वाहिश कर बैठता है
इसका जवाब मुझे अपने आप से भी मिला नहीं

नहीं डरता मैं किसी दिक्कत से किसी परेशानी से
नहीं डरता हूँ मैं किसी ताकत से
पर तुझे पाना चाहता हूँ बस तेरी इजाजत से।

वह खास थी

वह महकता गुलाब थी
तेज चढ़े वह पुरानी शराब थी
आँखें टटोले जिसे उस राहत की वह खास थी आस थी

मन को सुकून पहुँचाया उसमें वह बात थी
वह पूर्णमासी सा चाँदनी फैलाए उस चाँद सा एहसास थी
वह ख़ुदा की तलाशी हुई दिल की मुराद थी
आफ़त थी या थी क़यामत कोई,
आफ़त थी या थी क़यामत कोई
उसे देख कर आती राहत की सांस थी
नखरे बहुत थे उसके पर वह खास थी।

काश तू पहला प्यार ना होती

काश तू मिली ही न होती
काश तेरे लिए दिल में कोई भावनाएं ना होती
काश तू दिलो-दिमाग पर इस कदर न छाई होती
काश तू जिंदगी में ही न आई होती
काश तू सीने में घुसी वह तीखी नोक की तलवार ना होती
काश तू पहला प्यार ना होती
काश तू पहला प्यार ना होती।

भुला पाना मुश्किल है

तुझ से नहीं अपने आप से खफा हूँ मैं
आज मेरा अपने आप से भरोसा डगमगा-या है
क्योंकि मैंने किसी बेवफा से दिल लगाया है
आईने में अपने गुरुर से नजरें मिला पाना मुश्किल है
क्योंकि उसे भुला पाना मुश्किल है।

Quote

कब्रिस्तान में जगह कम पड़ जाएगी

उन लोगों के लिए जो लगाते जिहाद के नारे

ना ही हम किसी मोर्चे पर कमजोर ना ही किसी के दबाव के आड़े है

बस हम यही सोच कर खुले युद्ध से करते किनारे हैं

कि जब दस कुत्ते मरते हैं तो कटते चार सर हमारे हैं।

दीक्षा वर्मा

मुंदी निवासी दीक्षा वर्मा एक लेखक है साथ ही इन्हें स्केचिंग का भी शौक है। यह शायरियां भी लिखती और इनके कार्य मे माता पिता के प्रति प्रेम और आदर झलकता है। यह अपनी इंजीनियरिंग पूरी कर चुकी है इनका आर्टिस्ट नाम lucky है।

मौसम

कितना शांत पानी और कितना ठंडा मौसम था
कितना सुकून और कितना मस्त माहौल था
पर ना जाने क्यों दिल बेचैन था
दिल मे एक कसक एक कमी सी थी
पर वो सुकून के लम्हें थे मौसम में कुछ अपनेपन के सपने थे
हर कोई अपने मे खुश था
बस हम ही उदास बैठे थे
उनकी यादों को दिल से लगा कर रखते थे
चेहरे पर मुस्कान सजा कर रखते थे

पानी की लहरे हमसे पूछने लगी
कौन हक तुम और ठहरा वजूद क्या है
मेरी परछाई भी मुझ पर हँसने लगी
जैसे कह रही हो तूने वो साथ छोड़ दिया
देख आज तू कितनी अकेली है
इस भीड़ में ना कोई तेरी सहेली है
उनका साथ छोड़ दिया तूने अब यह क्या कर रही है
क्यों अपने अकेलेपन को हमपर मल रही है
तभी पानी मे एक चेहरा सा नजर आया
ये वही चेहरा था जो मेरी आँखों मे था समाया
पानी की मछलियाँ भी हँस कर कह दी
आखिर मिल गया वो जिसे तू ढूँढ रही थी।

आज फिर तेरी याद आ गई

आँखें भीगी और बरसात आ गई
नैनो में तेरा ख़्वाब था छुपा
सपनों में ही मुस्कान आ गई

आपकी यादों ने मुझे रुला दिया
फिर आपकी हँसी ने हर गम भूला दिया
माँ आपकी ऑखों पर मैंने दिल कुर्बान किया
आपकी एक झलक ने मुझे गुदगुदा दिया

बचपन से आज तक आपने जो भी दिया
एक एक कार मेरी निगाहों पर छा गया
तेरी एक हँसी से मेरा दिल खुशी से झूम उठा
तुझे देख मुझे ख़ुदा का अहसास हो गया

तूने अपना सारा जीवन हम सबके नाम किया
काश तोहफा दे सकती तुझे में कुछ ऐसा
जिससे पूरी हो जाती तेरी हर एक रज़ा
मिलती तुझे जिंदगी भर की ख़ुशियाँ

तेरा जो भी कर्ज है मैं वो कभी चुका ना पाउंगी
बस तेरे होठों पर मुस्कान हमेशा लाऊंगी।

तेरी आँखों का ख़्वाब हूँ मैं

तेरी साँसों का आगाज हूँ मैं
तेरी लबो की मुस्कान हूँ मैं
तेरी धड़कन की जान हूँ मैं

तेरे हाथों पर बनी लकीर हूँ मैं
तेरे बिना एक फ़क़ीर हूँ मैं
तेरे होने से ही जिंदा हूँ में
तेरे बिना बेजान परिंदा हूँ मैं

तुझे महसूस होती हवा हूँ मैं
तेरे हर मर्ज की दवा हूँ मैं
तेरे अंदर बसा गुरुर हूँ मैं
हर पल साथ तेरे ज़रूर हूँ मैं

तू अगर खुश है तो खुश हूँ मैं
तू नाराज़ है तो नाराज़ हूँ मैं
तेरे ही अंदर की आवाज़ हूँ मैं
हर मुश्किल वक़्त में तेरे साथ हूँ मैं

तेरे साथ जो चलती परछाईं हूँ मैं
तेरे अंदर तक समाई हूँ मैं
तेरे बिना तो अनजानी हूँ मैं
सच कहूँ तो तेरी ही दीवानी हूँ मैं।

कुणाल वर्मा

मुंदी निवासी कुणाल वर्मा लेखक और म्यूजिशियन है। इन्हें कविता के साथ गाने का भी शौक है। इनके कार्य मे देश के पट प्रेम की अभिलाषा नजर आती है। यह अपनी इंजीनियरिंग की पढ़ाई भोपाल से कर रहे है इनका आर्टिस्ट नाम kv है।

कागज़ की कश्ती

कागज़ की कश्ती जैसा ही
एक सपना है मेरा
जहाँ हल्की सी आलस से भी
होता है घनघोर अंधेरा।

जब मेहनत में कोई कसर रहे
सैलाब सा आने लगता है
तब चाहत का चप्पू हाथ लिए
डुबकियां लगानी पड़ती है।

मेहनत कोई ठंडी झील नहीं
जो बड़े चैन से सोती है
यह तो उस सागर सी है
जहा हर दिन कोई कश्ती खोती है।

सपनों की राह को दया नहीं
संघर्ष की भाषा आती है
क्योंकि नींद के झोंके वाले को
पल भर में लहर ले जाती है।

बस खुली आँख से देखा सपना
जो जीवन की मंज़िल है
उस मंज़िल की खोज में पलकें
नींद चैन सब खोती है।

कागज़ की कश्ती जैसा ही
एक सपना है मेरा
बस उसकी ही चाह में
आँखें रोज रात को सोती है।

A. P. J. Kalam

उनके बारे में मैं क्या कहूँ
जो आन थे इस देश की
कर्म के क्षेत्र में जो
शान थे इस देश की

जीवन रहेगा प्रेरणा
बलिदान जिनके है बेअसर
उनके बारे में क्या कहूँ
पहचान जिसकी है अमर

दीयो में जिसने खुद पढ़ा
दिया दिखाया फिर हमें
बना के ढाल शिक्षा की
लड़ना सिखाया फिर हमें

हारना जिसने न सीखा
आलस्य का नहीं नामो निशान
देश के लिए समर्पित थे
हमारे साहिब अब्दुल कलाम

विद्वानों के गुरु थे जो
भारतीय विज्ञान जान है उनकी
छात्रों से था प्रेम जिन्हें
जयकार मिसाइल मेन कलाम की

उच्च पद पर रहकर भी
जुड़े थे हर इंसान से
समय के सच्चे मित्र
श्री अब्दुल कलाम जी महान थे

अब उनके विचारों पर चलकर
इस देश का गौरव बढ़ाना है
भारत के लिए उनके सपने को
हमें सच कर के दिखलाना है।

वो पंछी

वो पंछी है उसे जाने दो
इस पिंजरे से उड़ जाने दो
वो नीला नभ है सिमा उसकी
उसे सीमा से जुड़ जाने दो

यह वायु उसकी ताकत है
वायु ही उसकी उड़ान बनी
अब कर दे यह उपकार सखी
पहुँचा दे पिंजरे के पार सखी

उसे सूरज के संग जलना है
चंदा के संग ठिठुरना है
अपने जीवन के कीमती पल
उसे उन्मुख गगन में बिताना है

उसे वायु से जुड़ जाने दो
उसे उड़ने दो उड़ जाने दो

जीवन है बिताया बंदिश में
न सुख पाया एक पल उसने
अब राह मिली सुख की उसको
इस सुख को तो पा जाने दो

उसे उड़ने दो उड़ जाने दो
उसे सीमा से जुड़ जाने दो।

भारत महान

न मैं हिन्दू हूँ
न हूँ मैं मुसलमान
न सिख न बौद्ध न ईसाई
न मैं जैन महान
न खुद की कोई पहचान मेरी न खुद का कोई मकान
इस बड़े थलो के टुकड़ों में
क्या मैं ही हूँ भारत महान

आजादी के बाद भी देखो
मुझ पर कितने गुलाम है इस सोने की चिड़िया का
पिंजरे में बुरा हाल है
भूख गरीबी लाचारी का
मुझ पर केस देर है
पानी की किल्लत है मारक
जबकि गंगा का पहरा है

मेरे सर पर ताज हिमालय
लेकिन वह भी खंडित है
गुरु ज्ञानियो के भेषो में
शैतानी आधे पंडित है
बस यही मेरी पहचान
कहा गया मेरा वरदान
खुशियों से है अब अनजान
क्या मैं ही हूँ भारत महान।

कुछ पल ठहर जा ऐं जिंदगी

यह शामे ज़रा गौर से में देख लूँ
थोड़ा सुबह के सूरज में मैं दौड़ लूँ
ज़रा दो पहरो में किताबें ओढ़ लूँ
कुछ पल...

अभी तो आदत सी होने लगी थी
बेफिक्र निगाहें खोने लगी थी
अभी तो आया था सुर ज़िन्दगी में
इस सुर को एक धुन में मैं मोड़ लूँ
कुछ पल....

थोड़ी नमकीन यादें मैं भी बटोर लूँ
थोड़े हसीन पल में भी गुजर लूँ
लौट के ये खुशिया मिले न मिले
जीवन को थोड़ा में भी सुधार लूँ
कुछ पल ....

समरीन सुल्तान

समरीन सुल्तान ने अभी बी.सी.ए से अपना ग्रेजुएशन कम्प्लीट किया है। इसके साथ ही हमेशा से ही लिखने में दिलचस्पी रही है इससे पहले 2018 में प्रकाशित पुस्तक “बंद लिफाफे” मैं भी इनकी रचनाएँ प्रकाशित की जा चुकी हैं इसके सफलता पूर्वक प्रकाशन के बाद अपनी कुछ रचनाएँ “ज़िंदग़ी, एक सफर 2” के माध्यम से लोगों तक पहुँचाना चाहती है।

Facebook - samreen sultan

Gmail - samreensulta500@gmail.com

अगर तुम जान जाओ

मेरा मन हो तुम,
मेरा अरमान हो तुम,
मेरी सारी ख़ुशियाँ
मेरा आधा ईमान तुम
अगर तुम जान जाओ,
तुम मेरी मौहब्बत हो
मेरी पहली मौहब्बत हो

मेरे दिल पर,
जो पहला अक्स उभरा था
तुम्हारा ही तो चेहरा था,
मौहब्बत तुम ही हो मेरी,
कि चाहत, तुम ही हो मेरी
कभी ऐसा भी होता है
मैं सोचूं जब भी तुमको
मैं चाहूँ जब भी तुमको
भिखारी बन जाये, मन
मौहब्बत फिर भी नहीं मिलती
अंधेरी रातों में अक्सर
झपक कर भीगी पलकों पर
वो पहरों तक चाँद तकना
वो खामोशी भरे होठों पर,
तुम्हारा ही जिक्र करना

तुम्हारी ही वो यूँ हर पल
लम्हा लम्हा फिक्र करना
तुम्हें कैसे बताऊँ मैं
तुम्हारा नाम होठो पे
हँसी बनकर महकता, है,
तुम्हारा जिक्र रातों में,
खुशी बनकर चहकता है,
धड़कते दिल की हर धड़कन,
तुम्हारा नाम लेती है
तुम्हारा विद्र करती है,
मौहब्बत रौशनी बनकर
मेरी आँखों में रहती,
तुम्हारा नाम लेती है,
तुम्हारा विद्र करती है।

मौहब्बत यूँ नहीं अच्छी

कभी कोई किया वादा नहीं तुमसे
न आपस में बहुत बातें,
न मिलने में बहुत शोखी
न रातों में कभी लम्बी बातें
मगर एक अनकहीं सी मौहब्बत है
जो हम दोनों समझते हैं,
दिल में अजीब सी खुशी है,
ये हम दोनों समझते हैं,
मौहब्बत के हँसी सारे
हैं दिलरुबा से ये मंजर
तिलस्मी सी चाँदनी रातें,
सुनहरी धूप के ये मौसम,
खुशी के वो चंद लम्हें
खत्म हुई ज़िंदगी की उलझन,
वो हल्की सी सुर्ख बरसातें,
हवाओं से सरसराते वो पत्ते
सभी एक जिद में रहते हैं,
वही मुझे ये सब कहते, हैं,
मौहब्बत यूँ नहीं अच्छी
मौहब्बत यूँ नहीं अच्छी
कि हम तुम पे जान देते हैं।

जब हाथ दुआ को उठते हैं

जब हाथ दुआ को उठते हैं
खामोश लब जब खुलते हैं,
अल्फाज कहीं खो जाते है
बस ध्यान तुम्हारा रहता है,
और आँसू बहते रहते हैं
तुम याद बहुत आते हैं,
जान बहुत तड़पाते हो,
तुम याद हर पल आते हो,
हर ख्वाब तुम्हारा पूरा हो
उस रब से मिन्नत करते है
हम ऐसी मौहब्बत करते है

तुझको ही सोचा करते हैं
तुझको ही चाहा करते हैं
ठंड हमें रास नहीं आती
बारिश से आता है खौफ
जिस दिन से मालूम हुआ है,
ये मौसम तुमको आता है
अब जब भी सावन आता है,
बारिश में भीगा करते है
हम तुमसे मौहब्बत करते हैं।

मेरी अजीब मोहब्बतें

अंजान सी इस बस्ती में
है अजीब मेरी मोहब्बतें
हर राह उसे ढूँढना,
हर पहर उसे चाहना
हजार नजरों में उसे देखना
वो मिले तो ना देखना
उसे ही तन्हाईयों में सोचना
उसे ही आगोश में लेना
उसे पा लेने की ख्वाहिशें
उसे सोचूं तो जान सुलग उठे
छू लूँ तो पल धुआँ धुआँ
वो शख्स इक ख्याल सा
वो शराब की सी मिसाल सा,
उसे दुआओं में माँगू,
खुद से उसे यूँ बाँध लूँ
कोई कमाल सा मैं करूँ
उसे खुद से करूँ मैं बदगुमा
है अजीब मेरी मोहब्बते
है अजीब मेरी शिद्दतें
अंजानी सी इस बस्ती में,
है अजीब मेरी मौहब्बत।

मेरा तुमसे नाता

मेरा जो तुम से नाता है,
मैं शायद बयाँ नहीं कर सकती
ये शायद
कभी इस जमीन पर
किसी दूसरे से हो ही नहीं सकता
मैं तुम मे जीती हूँ
मैं तुम को चाहती हूँ
मैं तुम्हें खो नहीं सकती
कि तुमसा कभी कोई दूसरा
कभी हो नहीं सकता
तुम रास्ता हो मेरा
तुम ही मेरी मंजिल
मगर फिर भी
कहीं कोई जो तुम देखो
कहीं जो कुछ तुम सुनो,
मुझे तुम सुनना
मुझे कभी छोड़ के, ना जाना
कि जब मैं तुमको देखूँ
मेरी आँखों में दीये जल उठते हैं
मेरे अंदर मेरे पास
इतना उजाला सा फैल जाता है,
फिजायें गुनगुनाती है,
हवाएँ झूम उठती हैं।

जब मैं सोचूँ तुम्हें
लगता है जैसे
आसमान से ज़मीन तक
चाँदनी फैल जाती है
उसके उजाले और रोशनी
बहने सी लगती हैं
जैसे कहीं दूर तक
रंगों की बारिश से होने लगती है
मेरा तुमसे जो नाता है
कभी इस जमीन पर किसी दूसरे से नहीं हो सकता।

www.ingramcontent.com/pod-product-compliance
Lightning Source LLC
LaVergne TN
LVHW040435051026
849517LV00002B/615